KB098713

섬진강의

물안개

섬진강의 물안개

1판 1쇄 발행 | 2018년 11월 5일

지은이 | 강대진
발행인 | 이선우
펴낸곳 | 도서출판 선우미디어

　　등록 | 1997. 8. 7 제305-2014-000020
　　02643 서울시 동대문구 장한로12길 40, 101동 203호
　　☎ 2272-3351, 3352 팩스: 2272-5540
　　sunwoome@hanmail.net
　　Printed in Korea ⓒ 2018. 강대진

값 13,000원

※ 이 도서의 국립중앙도서관 출판예정도서목록(CIP)은 서지정보유통지원시스템
　홈페이지(http://seoji.nl.go.kr)와
　국가자료공동목록시스템(http://www.nl.go.kr/kolisnet)에서 이용하실 수
　있습니다.(CIP제어번호: CIP2018035018)

ISBN 89-5658-588-8 03810

섬진강의 물안개

강대진 산방 테마에세이

선우미디어

내 머리 위에 노란 꽃 뿌려지고

하얀 띠 뿌리 나의 뇌수를 헤집기 전에

한 무더기 모닥불 가슴에 피우고 싶다.

푸른 잎과 붉은 꽃 피는

따뜻한 이 봄에.

　나는 교육계에서 2007년에 정년퇴직 하고 지리산 자락인 하
동으로 귀촌하여 10년 넘게 살고 있습니다. 이글은 귀촌 후
부딪친 세상에 대한 저의 생각을 적은 것입니다. 때로는 푸념
으로, 때로는 불만으로, 또 때로는 쓸데없는 걱정으로 비춰겠
지만, 이 세상을 사랑하는 한 사람의 진정이라고 보아주시면
고맙겠습니다.

　어떤 사람들은 과거 위에 현재를 겹쳐보고 현재와 과거의
어긋난 부분으로 미래를 예측하려 하는 경향이 있습니다. 저
도 이 부류에 속합니다. 어긋남이 있을 때 당황하고 마음 아파
하고 탄식합니다. 고루하다거나 시류에 뒤떨어진다고 탓하지
마시고, 나에게도 내일이 있고 어제보다 내일을 더 사랑하기
때문이라 이해해 주시면 합니다.

　천박한 내용과 속된 문장이 거슬리더라도 여생을 충실하게
살고자 하는 한 인간의 몸부림이라 생각해 주십시오.

2018. 10. 하동 화개에서 강대진 올림

chapter **3.** 독서감상문

산중생활

갈등과 혼란으로 가야 할 길을 찾지 못해 눈앞이 캄캄할 때,

내리 누르는 인생의 무게가 천근만근 무겁게 느껴질 때,

산을 마주하고 서서 고통의 질곡에서 벗어날 길을 물어보라.

선생님의 답변을 기다리는

초등학생처럼 공손한 자세로 서 있을 필요는 없다.

무심한 눈빛으로 8부 능선쯤을 바라보고 한참을 서 있으면 된다.

산은 당신이 필요한 답을 일러줄 것이다.

– 본문 중에서

꾸지뽕나무 앞에서

여행에서 돌아왔다. 청복을 꿈꾸며 지리산 자락에 지은 나의 토굴이다. 차에서 내려 무심코 뒷산을 바라본다. 산이 온통 벌겋다. 고목을 친친 감은 머루 덩굴의 잎이 붉게 물든 것일까. 잘 익은 자리공 열매일까. 거름기가 부족한 감나무에 달린 열매와 잎이 조락해 가는 모습일까. 아무리 생각해도 모르겠다. 억새꽃은 이제 막 피어오르고, 산을 뒤덮은 청록의 잎들은 아직까지 색깔이 선명하다. 문득 5년 전에 심은 꾸지뽕나무일지도 모른다는 생각을 한다. 주위를 둘러보니 땅거미가 서서히 지고 있다. 내일을 기약하며 확인하고 싶은 마음을 접는다.

1년 전에 창고에 처박아 두었던 장비들을 찾는다. 청바지와 무명천으로 만든 긴 팔 셔츠를 찾아 입고 장갑을 끼었다. 망사로 얼굴과 목을 가릴 수 있게 만든 모자를 눌러 쓴다. 연장통에서 낫 하나를 찾아들고 밖으로 나왔다. 여명의 빛은 서쪽 백운산의 산록을 희미하게 비추고 있다. 산에 오르기는 이른 시간이다. 길게 누워있는 바위에 걸터앉아 밝아오는 백운산을 바라보며 깊게 숨을 들이마신다. 상쾌하다.

농부들의 예취기 소리가 요란하다. 궁금증을 풀기 위해 산을 오른다. 1년 동안 돌보지 않은 시멘트 길은 칡덩굴과 가시나무로 뒤덮여 있다. 장화 위로 감겨오는 칡덩굴과 가시나무를 이리저리 피해가며 조심스럽게 붉은 나무가 있는 산 쪽으로 향한다. "기대와 희망에 이르는 길이라 생각하고 산을 깎아 길을 내고 포장을 했었는데…."

포장도로를 벗어나자 더 이상 들어갈 수 없다. 억새와 고사리와 두릅나무가 한데 섞여 수풀을 이루었다. 튼실한 울타리처럼 내 앞을 가로막는다. 두릅은 세워두고 억새와 고사리를 베어 길을 내야겠다. 오른손에 낫을 들고 등을 구부린다. 낫등으로 두릅을 밀어낸다. 날 쪽으로 한 번에 벨 수 있을 만큼 풀을 앞으로 살짝 당긴다. 크게 벌린 왼손으로 그 풀을 쥔다. 낫을 더 아래로 내려 앞으로 힘껏 당긴다. 풀은 한 번에 스르륵 잘린다. 폭탄의 파편처럼 날파리가 허옇게 날아오르고 향긋한 녹색 피 냄새 얼굴을 확 덮친다. 머리가 상쾌하고 가슴이 시원해진다. 눈을 크게 뜨고 풀 베어낸 자리를 바라본다. 거미는 광대처럼 줄을 타고 수풀 속으로 도망친다. 어린 메뚜기들은 뛰어올랐다 내려앉기를 반복한다. 지렁이는 몸을 둥글게 말았다 폈다 하면서 파닥거린다. 졸지에 서식처를 잃고 우왕좌왕하는 수많은 생명들 앞에서 인간이란 참으로 잔인하다는 생각을 한다.

측은한 생각이 들어 낫을 거둔다. 풀숲을 손으로 헤치며 덩굴을 피해 몸을 수그렸다 폈다하며 구부정한 자세로 나아간다. 몇 번이고 망사 모자를 고쳐 쓰고 낫으로 땅을 짚기도 하였다. 가슴과 겨드랑이 등줄기에서 땀이 흘러내려 옷이 축축하다. 고개를 숙일 때마다 시큼한 땀 냄새가 콧속으로 솔솔 들어온다. 모기와 쇠파리는 땀 냄새를 맡고 빨대 꽂을 자리를 찾느라 윙윙거리며 내 주위로 날아다닌다.

붉은 나무 앞에 섰다. 짐작대로 꾸지뽕나무다. 2m정도의 높이에 내 팔뚝보다 약간 더 굵은 회색의 나무다. 여섯 개의 큰 가지가 각기 다른 방향으로 우산처럼 뻗어 있다. 큰 가지마다 작은 가지들이 하늘을 향해 10cm 정도의 크기로 빽빽하게 돋았다. 드문드문 나 있는 가시는 열매를 지키는 초병처럼 날카롭다. 긴 잎자루를 가진 잎은 양 옆으로 짧은 꼭지의 붉은 열매를 하나씩 달고 있다. 타원형의 잎이 두 개의 바퀴를 달고 가지를 내려가는 것 같다.

붉은 열매는 멀찍이서 보니 잘 익은 산딸기 같다. 가까이 다가갔다. 작은 것은 아기에게 젖을 물리지 못해 안달이 난 산모의 젖꼭지 같기도 하고 큰 것은 어린아이의 불알 같기도 하다. 친숙하게 느껴진다. 살짝 깨물고 싶다. 손으로 열매를 잡고 조심스럽게 딴다. 꼭지가 떨어져 나간 자리에서 하얀 진액이 뚝뚝 떨어진다. 얼른 입 안에 넣는다. 처음으로 맛보는 과일이라 살짝 흥분된다. 어금니로 지그시 깨문다. 달짝지근한 맛이 잇몸으로 혓바닥으로 스며든다. 청량한 기분이 입 안에서 온 몸으로 퍼진다. 가슴이 서늘해지고 머리가 텅 비어버린다.

꾸지뽕나무에 기대앉아 밭이라 생각하고 개간하던 산을 내려다본다. 키를 넘는 고사리와 억새와 가시나무가 어우러진 수풀 위로 돌배나무, 참죽나무, 매실나무 등이 우뚝우뚝 솟아 있다. 5년 전에 심은 나무들이다. 숲을 이루고 있는 저 무성한 풀들도 7년 전 밤나무 숲을 베어냄으로써 긴 잠에서 깨어난 것들이다. 2만4천 평에 달하는 저 풀숲은 비우고 비워도 비워지지 않는 내 욕심이요 생명의 표현이다. 죽을 때 모두 지우고 가야할 삶의 흔적이다. 비로소 나의 힘에 비해 너무 크다는 생각이 든다.

이른 봄부터 서리가 내릴 때까지 나무를 기르기 위해 풀을 베고 또 베었다. 풀은 살기 위해 기를 쓰고 자랐다. 봄풀을 베고 나면 여름풀이, 여름풀을 베고 나면 가을풀이 자란다. 봄이 되면 다시 봄풀이 자란다. 풀과의 전쟁은 지긋지긋하다. 그래서 잎과 열매 다 떨어지고 나무들 쓸쓸하고 힘겹게 서 있어도 무성한 풀 잠잠한 가을을 좋아했다. 하얗게 눈 덮인 산과 들에 앙상하게 서서 차가운 바람 온 몸에 받을지라도 역한 냄새 나지 않는 겨울 몸을 더 좋아했다. 그런데 보라. 봄풀이 무성하게 자라면 여름풀 가을풀은 자랄 수 없지 않은가. 일정하게 자라서 가을에 죽어야 하는 풀은, 죽지 않고 매년 자라는 나무를 이길 수 없지 않은가. 풀에 치어 나무가 자라지 못하는 것이 아니라 풀과의 생존경쟁으로 나무는 더 빨리 자랄 수도 있다. 자라고 있는 풀은 그대로 두자. 내년 2월쯤에 시체를 치우는 기분으로 예취기 들고 가시나무와 긴 풀의 시체만 베자. 작은 생물의 서식처를 파괴하지 않고도 농사를 지을 수 있을 것이다.

금년이 새로운 농법의 첫 결실을 보는 해다. 작년보다 두 배나 많이 생산한 두릅을 생각하며 9월의 뒷산을 올려다본다. 풀을 베지 않아도 두릅나무는 잘 자랐다. 숫자도 눈에 띄게 많아졌다. 꾸지뽕나무도 9월의 청록색 산을 붉게 물들이고 있다. 마음에 이는 욕심도 마찬가지 아니겠는가. '버린다' '비운다' 하며 야단법석을 떨 일이 아니다. 버리고 비울 수 없으니 그냥 두자. 바라는 욕심이 다른 욕심을 누르고 우뚝 설 수도 있으니. 진정으로 바라는 꿈이 청복이라면 그 꿈이 이루어지도록 온갖 정성을 다할 일이다.

산중 식구들의 점고(點考)

마당가에 서서 비스듬히 누워있는 지리산의 끝자락을 내려다본다. 고갱이의 힘으로 간신히 서서 마른 잎을 근드렁거리고 있는 억새가 힘겨워 보인다. 아래쪽, 비탈을 꽉 채운 녹차밭은 계단처럼 줄지어 강으로 내닫고 있다. 섬진강은 저 아래서 시냇물처럼 굽이쳐 흐른다. 고개를 서서히 들어 강 건너 맞은편의 백운산 끝자락을 눈으로 더듬어 올라간다. 끝이 써레처럼 생긴 정상에서 다시 좌우로 이어진 연봉을 차례로 훑어본다. 백운산의 연봉은 오른쪽에서 왼쪽으로 굽어내려 섬진강에 이른다. 지리산의 맥을 잇는 듯 섬진강에서 왼쪽으로 치달아 정상에 이르는 것 같은 또 다른 연봉과 어울린다. 두 팔로 골짜기를 힘껏 보듬고 있는 모습이다. 아름답고 평화롭다. 이

곳에 살도록 나를 유인한 그때나 지금이나 변함이 없다. 내일은 나의 식구들을 챙겨봐야 되겠다.

즐거운 마음으로 부스스한 몸매를 가누어 움직인다. 현관문을 연다. 맑고 연한 어둠 속으로 몸을 디민다. 서늘한 공기가 얼굴을 덮친다. 마음이 개운하다.

하루 중 제일 먼저 찾아오는 식구들의 소리를 들어 봐야겠다. 마당가 바윗돌에 걸터앉아 새소리에 귀를 기울인다. 어둠이 채 가시기 전, 먼 산의 형체가 아스라이 드러나는 지금이 숲 속의 작은 새들의 소리를 듣기에 가장 좋은 시간이다. 참새소리라고 생각하면서도 귓전에서 지저귀는 소리를 구분해 보려고 애를 쓴 적이 있다. 어떤 새가 얼마나 많이 내 땅의 풀숲에서 살고 있는지 알고 싶어서였다. 그들도 내 식구이지 않은가. 아무리 노력해도 우짖는 소리만으로는 참새 소리라는 것만 알 뿐 그 수를 셀 수 없다. 눈으로 섬진강의 모래를 보듯 지저귀는 소리를 귀로 들으며 그들의 감정을 느껴 본다. 고통에서 우러나는 처절한 울음인지 기쁘고 즐거워서 터뜨리는 웃음인지 그들에게 무슨 일이 있는 건 아닌지 알고 싶었다. 그런 노력에도 불구하고 그것은 순전히 내가 처한 형편에 따라 이는 나의 감정을 읽고 있을 따름이라는 것을 알았다.

갈색의 고사리 숲에서 우짖는 새들의 노래를 듣는다. 저들의 세계는 별일 없구나. 바위의 냉기가 엉덩이를 따라 뱀처럼 꿈틀거리며 등줄기를 타고 오른다. 뒷머리가 뻐근해지더니 콧물이 흐른다. 일어서야겠다.

아침 식사를 마칠 때쯤 우리 집 텃새인 때까치가 왔다. 집을 짓기 위해 터 작업을 할 때부터 지금까지 뒷담벼락을 쌓은 돌과 돌 사이에 살고 있다. 아침 느지막이 연못에서 물을 먹은 후 작은 방 창문 앞에 서 있는 백목련 나무에 앉아 놀다 간다. 조금 지나 또 한 마리가 날아와 위아래 가지를 왔다갔다 하더니 머리와 꼬리를 까딱거리며 좌우를 살핀다. 부리로 무엇인가를 열심히 쪼아 본다. 고개를 들어 내 쪽을 바라본다. 까딱이던 꼬리를 멈추고 '푸드덕' 소리를 내며 가지를 힘차게 찬다. 그 반동으로 앞으로 직진하다가 중력에 끌려 아래로 떨어질 즈음 날개를 펴 퍼덕이며 날아오른다. 활짝 폈던 날개를 접으며 허공을 뚫듯 치솟는 유선형의 모습이 아름답다. 한 마리씩 다니는 것이 이들의 습성인가 보다.

조금 지나자 까치 아홉 마리가 날아왔다. 지난번보다 두 마리가 늘었다. 연못에서 물을 먹은 후 내가 앉아있던 바위 위에 올라 한참을 지저귄다. 스키와 들판이(내가 기르고 있는 진돗개들의 이름)의 사료를 담아두는 통 앞에 있는 커다란 바위 위로 날아오르기도 하고 그 앞 벚나무 가지에 앉기도 한다.

눈은 스키와 들판이를 보면서 수북이 쌓여있는 사료를 호시탐탐 노린다. 개들이 다른 곳에 신경을 쓰고 있을 때 바위에서 뛰어내려 머리를 꼿꼿이 든 채 종종걸음으로 다가가 재빠르게 먹이를 쪼아 문다. 몸을 돌리기 바쁘게 앉아있던 바위 위로 차례로 날아오른다. 부리를 위로한 채, 쩍 벌렸다 오므렸다를 두어 번 하며 먹이를 목구멍 가까이로 옮긴다. 꿀꺽 삼킨다. 그리고는 바위 위에서 지저귀며 한참을 놀다 간다.

다음에는 까마귀 일곱 마리가 날아와 사료통 앞 바위와 그 앞에 있는 벚나무 가지에 앉는다. 사료에는 관심이 없는 듯 눈은 하늘로 향한 채 조용히 앉아 있다. 기회가 보이자 두 발을 접고 날개를 오므려 몸에 붙인다. 고개와 부리를 사료 쪽으로 향한 채 두 다리를 오므린다. 오므렸던 다리를 쭉 편다. 두 발로 바위를 힘껏 차며 날개를 급히 펴 사료 통 앞에 사뿐히 날아내린다. 발을 땅에 고정시킨 후 부리를 크게 벌리고 먹이를 덥석 문다. 그런 다음 몸을 돌려 두 발로 땅을 차며 힘차게 날아올라 벚나무 가지에 사뿐히 내려앉는다. 삼지창 같은 세 가닥 발로 나뭇가지를 꽉 붙든다. 부리를 크게 벌렸다 오므리기를 반복하면서 먹이를 턱 가까이로 옮겨 꿀꺽 삼킨다. "까욱 까욱" 하고 몇 번 소리를 낸 뒤 날개를 활짝 폈다 오므리며 창공으로 날아오른다. 날아가면서도 "까욱 까욱" 하고 소리를 지른다. 아마도 짝을 찾나 보다.

물까치는 떼로 몰려온다. 오늘은 서른 마리도 넘는 것 같다. 군무를 추듯 대열을 지어 곡선을 그리며 날아오른다. 변곡점에서 멈칫하다 유연하게 곡선을 그리며 날아 내린다. 멈춘 듯 힘을 모아 다시 날아오른다. 수영선수가 평영으로 물 위를 헤엄치듯 올라갔다 내려오기를 반복하며 앞으로 나아간다. 연한 회색의 새들이 그리는 상향곡선과 하향곡선의 연속된 그림은 가슴 시리도록 아름답다. 물까치는 사료통 근처의 나무와 바위에 나뉘어 앉아 있다가 기회가 오면 재빠르게 날아 내려와 먹이를 문다. 곧바로 바위나 벚나무 가지로 날아오른다. 먹이를 삼키기 바쁘게 '꽥 꽥'거리며 다시 다른 나무로 옮겨간다. 내려앉을 때나 떠날 때, 나뭇가지나 바위에 앉아 있을 때에도 이들은 '꽥 꽥' 소리를 지르며 점령군처럼 군다. 요란한 소리는 시끄럽다 못해 공포스럽다.

비둘기는 이들이 다 떠난 뒤에 조용히 온다. 어떤 때는 서너 마리 또 어떤 때는 열 마리도 넘게 무리를 지어 온다. 오늘은 열 마리도 넘는다. 아주 조용히 나뭇가지에 앉아 있다 먹이만 먹고 간다. 그들이 날아오를 때 나는 '푸드덕' 하는 날갯짓 소리가 아니면 왔다 가는지도 모른다.

여름 한철 살다 간 식구도 있다. 하도 인상적이어서 지금

내 눈앞에서 그 일이 벌어지고 있는 것 같다. 여행에서 돌아와 계단을 올라 자갈이 깔린 마당에 들어 설 때였다. 토굴의 외벽이 한눈에 들어왔다. 처마와 벽이 맞붙은 하얀 벽의 윗부분에 두 개의 시커먼 무늬가 눈에 들어온다. 섬뜩하다. 머리가 쭈뼛해지며 등골이 식어온다. 이 산중에…. 찰싹 달라붙어 있는 모습이 복국집 유리창에 붙어 있는 복어 지느러미 같기도 하다. 잘그락 잘그락 소리를 내며 자갈이 깔린 마당을 가로질러 다가간다. 고개를 젖히고 눈을 치떠서 자세히 본다. 집을 안고 있는 제비였다.

제비집을 자세히 살펴본다. 천정과 벽에 걸쳐 옅은 회색 진흙으로 지어졌다. 입구를 좁게 만든 자루가 천정을 향하도록 붙여 놓은 모양이다. 처마와 벽의 하얀 색깔과 회색의 진흙집은 잘 어울렸다. 품격도 있어 보인다. 입구에는 깃털이 듬성듬성 난 세 마리의 새끼 제비가 머리를 집 밖으로 내민다. 노란 테를 두른 부리를 쩍 벌린 채 머리를 이리저리 돌린다. 서로 자기 차례임을 주장하는 것 같다. 세 마리의 새끼만으로도 입구가 꽉 찬다.

먹이를 입에 문 어미는 혼신의 힘으로 반쯤 접은 날개와 유선형의 몸통과 지느러미 같은 꼬리를 벽에 찰싹 붙이고 둥지를 안듯이 두 발로 꽉 찍어서 붙어있다, 몸통을 벽에 붙인 채 왼쪽에서 오른쪽으로 머리만 돌린다. 어느 놈에게 주어야 할지 결정을 못한 것처럼 잠시 주저한다. 힘이 부쳤는지 살짝 떨어지며 몇 번이고 날개를 폈다 오므리더니 꼬리를 쫙 편다. 떨어지는 몸을 추스른 뒤 다시 둥지를 붙든다. 이번에는 오른쪽에서 왼쪽으로 머리를 돌리며 매롱매롱한 두 눈으로 천천히 살핀다. 결정을 한 듯 멈칫하더니 가운데 있는 새끼의 입에 재빠르게 먹이를 넣어준다. 어미는 떨어지듯이 날아올라 하얀 배를 드러낸 채 곡선을 그리며 하늘로 솟구친다. 가운데 있는 새끼가 먹이를 물고 집 안으로 들어간다. 나머지 두 마리도 한동안 입을 벌리고 머리를 이리저리 돌리더니 둥지 안으로 들어간다. 어미가 떠난 것을 알아차린 것 같다. 사위는 고요한데 내 가슴은 흥분으로 부글부글 끓고 있다. 제비가 날아든 것은 햇수로 7년째다. 해마다 날아와 집을 짓다 말더니 금년에는 새끼를 까서 기르고 있다. 시멘트벽의 독기가 다 사라졌나보다.

　마지막으로 찾아오는 것은 매다. 무서울 것이 없는 날짐승의 왕이다. 날개를 쫘~악 펴고 높이 날아 신기천(新基川)[1] 위를 빙빙 돌며 위용을 자랑한다. 그러다 사냥감이 보이면 날개를 접고 부리를 아래쪽으로 향한 채 화살처럼 내리꽂힌다.

---

1) 신기천(新基川) : 화개면 부춘리 원부춘에서 신기마을을 거쳐 섬진강 하구로 흘러가는 냇물.

사냥감 가까이 와서야 날개를 펴며 날카로운 발톱을 쑥 내밀어 찍어 누르고 부리로 쪼아 제압한다. 두 발로 구부렁거리는 뱀을 움켜쥐고 하늘을 나는 것을 본 적도 있다. 오늘은 사냥감을 발견하지 못한 모양이다. 부리를 아래로 한 채 자세히 살피더니 서서히 내려온다. 날개를 편 채 공기저항을 이용해 집 밖 전깃줄 위에 사뿐히 내린다. 세 가지의 발로 전깃줄을 꽉 조여 몸이 떨어지지 않도록 단단히 고정시킨다. 몸통의 깃털로 비수 같은 예리한 발톱을 가린다. 날갯죽지를 조금 세우고 목을 그 속으로 당겨 넣는다. 날개와 깃털을 부풀려 유선형의 몸이 통실통실하게 보이도록 한다. 앞으로 굽어진 날카로운 부리는 깃털 속에 반쯤 묻혀 털방석 속의 장식물처럼 보인다. 매서운 눈은 깃털 속에 가리어 조는 것처럼 보인다. 예리함과 날카로움을 숨긴 우스꽝스러운 모습이다. 호랑이가 숲 속을 비틀비틀 걸어가듯, 조는 듯이 앉아 있는 것은 사냥감인 짐승들을 안심하게 하는 공격 직전의 위장 자세다. 그는 아마 바로 아래 수풀 속에서 안심하고 지나가는 꿩이나 토끼, 들쥐나 개구리를 쫓는 뱀을 노리고 있는지도 모른다. 바람에 흔들거리며 한참을 앉아 있더니 긴 날개를 펴서 서서히 공중으로 날아오른다. 북쪽 하늘을 향하여 유유히 나는 모습이 회오리바람에 날리는 가랑잎처럼 가벼워 보인다. 점고는 끝이 났다.

고개를 돌려가며 쓸쓸함이 묻어나는 산비탈을 바라본다. 아직도 붙어 있는 억새의 홀씨는 한낮의 햇빛에 반짝이고, 잎 떨군 유실수 들은 칡덩굴에 감긴 채 초병처럼 우뚝우뚝 서 있다. 내 욕심의 흔적들이다. 펼쳐놓으니 한눈에 다 볼 수도 없다.

10년 전 과수원을 만들기 위해 산을 깎아 길을 내고 과일나무를 심었다. 원래 있던 풀들은 나무가 잘 자라도록 그냥 보고만 있지 않았다. 8정보의 산을 인부를 들여 부지런히 베었다. 침략자에 대항하듯 풀은 기를 쓰고 자랐다. 봄풀을 베고 나면 여름풀이 나고 여름풀을 베고 나면 가을풀이 자랐다. 산이 갖고 있는 풀의 씨앗이 이렇게 다양하고 많을 줄이야. 드디어 나는 누적되는 적자를 감당하지 못해 포기하고 말았다. 풀에 지고 산에 진 것이다. 저지른 행위에 대한 대가는 혹독했다. 우주는 적막했고 나는 그 중심에 서 있었다. 날짐승과 길짐승 곤충과 다른 미물들이 득시글거리는 산으로 복원되는 데는 3년이 걸렸다.

산중은 아침부터 시끌벅적해지고 생태계의 균형은 서서히 복원되어 간다. 마음속에 숨겨 두었던 출석부를 꺼내어 하나하나 점을 찍어가며 찾아오는 날짐승들의 숫자를 세어 본다. 개체수가 한 마리씩 늘어 갈 때마다 기쁨도 커진다. 보통예금

통장에 잔액이 늘어나는 것을 보는 재미는 비교도 되지 않는다. 환경이 되살아난다는 경이로움이 나의 죄를 조금이라도 사해주는 느낌을 주기 때문이다. 덩달아 욕심 주머니를 풀어 헤쳐 신록의 거름으로 쓸 수 있게 하기 때문이기도 하다.

어지간한 욕심은 다 없어졌다. 끈질기게 남아 나를 괴롭히는 것은 산을 나의 소유라고 생각하는 마음이다. 그 마음이 커져서 산 속의 모든 것이 나의 식구라는 욕심을 부린다. 희미하게 타오르는 욕망의 불길을 끄고 싶다. 이대로 두었다간 무슨 사고를 칠지도 모르기 때문이다. 훅 불면 꺼질 것도 같은데…. 염통을 끄집어내어 맑고 맑은 섬진강 물에 깨끗이 씻어볼까. 바람 좋은 날 빨랫줄에 널어놓고 대나무 막대기로 툴툴털어 볼까.

이글거리던 태양이 서산을 넘으려 한다. 마지막으로 토해내는 붉은 노을은 나의 삶 같아 가슴 저리다. 흰 구름 엷게 뜬 백운산 스카이라인은 연봉의 뾰족한 모서리를 모두 지워버렸다. 깊은 골짜기에서 정상으로 올라 갈수록 점점 연하게 채색한 한 폭의 수묵화다. 봉긋봉긋한 실루엣, 그 위에 밝게 드리운 한 줄기 햇빛. 팔 쭉 뻗으면 손에 닿을 것만 같다. 짙은 그늘속에 빠져 백운산 품 안을 더듬어 본다. 아! 갖고 싶은 욕망은 어쩔 수가 없구나.

팔월에 핀 배꽃

녹차 밭 언덕 밑에 차를 세웠다. 휴지조각 같기도 하고 손수건 같기도 한 것이 나뭇가지에 걸려 한들거리고 있다. 눈에 몹시 거슬렸다. 지나치면서 몇 번이고 떼어버려야지 하고 생각은 하면서도 그냥 지나쳤었다. 녹차 밭 언덕은 내 가슴까지는 돌로 쌓여 있고 그 위쪽 약 1m정도는 흙으로 비스듬한 언덕을 이루고 있다. 언덕에는 풀이 수북이 자라고 나무는 수북한 수풀 속에 내 키 정도의 높이로 서 있었다.

왼쪽 발을 담 사이의 돌 모서리에 끼우고 두 손으로 돌담의 맨 위 부분을 짚었다. 다리와 허리에 힘을 주며 껑충 뛰어 언덕을 올랐다. 손에 묻은 흙을 두 손으로 마주쳐 털면서 나무 앞에 섰다. 가까이서 보니 심은 지 5년쯤 되어 보이는 돌배나무였다. 왼손으로 나무의 가지를 잡고 오른손으로 휴지조각이라 여겨졌던 하얀 물체를 잡아 본다. 촉감이 싸늘하다. 야들야들 하다. 꽃이다. 자세히 살펴보니 산방화서의 꽃차례가 분명한 하얀 배꽃이다. 하도 신기하여 나무를 자세히 살핀다. 가지마 다 잎이 무성하게 달려있고 아래가지에는 작은 열매가 주렁주 렁 달려있다. 무게를 이기지 못한 가지는 수풀 속으로 열매를 드리우고 있다.

배나무는 봄에 꽃을 피우고 그 씨방이 자라 열매가 된다. 열매의 끝에 달려있는 꽃잎이 다 질 때쯤 연한 새잎이 나오기 시작한다. 무성한 잎으로 탄소동화작용을 하여 열매를 키우면 서 또 꽃을 피우고 있는 이 나무를 어떻게 이해해야 할까.

고개를 들어 하늘을 본다. 뭉게구름이 푸른 색 바탕에 하얀 봉우리를 그리며 지나가고 있다. 기후의 탓일까? 기후 때문이 라면 하동의 모든 배나무가 아니면 적어도 우리 집의 돌배나무 만이라도 지금쯤 꽃이 피어야 한다. 토지의 탓일까? 땅의 문제 라면 곁에 있는 감나무 역시 지금쯤 꽃을 피워야 하는 것 아닌 가. 무엇 때문일까?

발아래로 눈을 돌린다. 끝없이 계단처럼 펼쳐져 있는 녹차 밭, 잘 정돈된 녹색 이랑들이 파도처럼 줄지어 앉아있다. 시원 한 섬진강 강바람이 부드러운 연록색 잎을 스친다. 작은 물결이는 잔잔한 바다 같다. 그 위로 까마귀 한 마리 갈매기처럼 날고 있다. 나무의 밑동으로 눈을 돌려 자세히 본다. 지난겨울을 고스란히 간직하고 있는 밑동의 진한 청록색 잎들은 깊은 바다 같다. 짙은 녹색의 그늘 속으로 하얀 꽃과 연한 녹색의 작은 열매가 삐주름히 나와 있다. 아, 저것이로구나. 열매와 꽃이 같이 달려있는 녹차 밭을 보면서 자라다 보니, 녹차처럼 꽃을 피우고 열매를 맺은 것 같구나. 잠시 뒤 그것은 잘못된 생각이라는 것을 깨닫는다. '학생들을 가르치던 나에게는 배나무가 학생으로 보였나 보다. DNA의 공식대로 사는 식물에게서 학습능력을 생각하다니. 이것도 아니고 저것도 아니다. 그럼 무엇일까. 알다가도 모를 일이다.

가지사이로 섬진강에 얼음 풀리는 소리 들으며 피운 꽃이 마음에 들지 않아서일까. 왕매미 치열하게 울어대는 이 염천에 마지막 힘을 다하여 다시 꽃을 피우는 걸 보면. 사람이라면 그럴 것도 같다. 불현듯 교직에서 정년퇴직을 한 후, 산골에 살면서 하는 일없이 세월을 축내고 있는 나에게 보내는 경고 같다는 생각이 든다.

나무의 꽃을 학창시절의 공부로 그로 인하여 얻게 된 직업을 열매에 비유해 본다. 너무나 희미하여 기억하기도 힘든 나의 꽃 같은 학창시절을 생각해 본다. 문학을 하고 싶었고 철학도 하고 싶었다. 문학에 대한 적성과 열정도 있었다. 그런데 나는 경제학을 공부했다. 내가 진정으로 원하는 꽃을 피운 것은 아니다. 밥을 먹는 일이 그만큼 절박했기 때문이다.

교사로 첫 발령을 받던 날 어머니는 눈물을 흘리셨다. 당신의 평생 한을 풀었다는 것이다. 효도하는 심정으로 시작한 교사생활에 점점 빠져들었다. 그 매력에 취해 교직을 천직으로 알다가도 빠져나갈 궁리를 하곤 했었다. 크고 탐스러운 열매를 기대할 수 있었겠는가.

정년을 마치고 정년제도에 감사하며 숨 가쁘게 살아 온 지난 날을 되돌아본다. 이번 생에서 가장 중요한 '나'의 존재가 빠져 있다. 내가 피우고 싶었던 꽃, 맺고 싶었던 열매와는 거리가 먼 생을 살아 왔다. 그래서 퇴직 이후에 시작한 것이 문학공부였는데 이것에도 회의를 느끼게 되었다. 시기를 놓친 꽃은 열매를 맺기 어렵다는 것을 알았기 때문이다.

열매를 맺을 수 없다는 것을 알면서도 꽃을 피우고 실루엣으로 하얀 꽃을 강조하고 있는 저 당당한 돌배나무, 그 앞에 고개를 숙인다. 생존을 코에 걸고 선악을 중시하며 살았던 젊은 시절이 부끄럽다. 잘못된 행동은 반성하고 수정하는 노력을 했어야 했다. 그것이 인생의 긴 여정을 풍요롭게 살아가는 좋은 방법인 것 같다.

오늘 하루만이라도 나 자신에 충실할 수 있다면 내일 당장 흙밥이 되더라도 아무런 여한이 없을 것 같다. 다시 책을 들고 순수한 마음으로 내 자신의 삶을 살아가야겠다.

세찬 바람 부는 언덕에 선 외로운 똘배나무 한그루, 내년에는 봄꽃만 피웠으면 좋겠다.

비단잉어 실종 사건

수런거리는 소리에 잠을 깼다. 창문의 커튼을 걷었다. 간밤의 추위로 유리창에 성에가 심하다. 손으로 닦고 밖을 내다본다. 마당가에서서 연못을 내려다보는 사람, 서로 마주보고 손짓을 해가며 얘기를 하는 사람, 연못 쪽에서 마당으로 올라오는 사람, 마당에서 연못 쪽으로 내려가는 사람, 뭔가 불안하고 어수선하다. 불길한 예감이 든다. 얼른 옷을 챙겨 입고 마당으로 나갔다.

"간밤에 잉어가 없어졌어요. 한 마리도 안 보여요. 어젯밤 개가 유난히 짖어대더니만…." 처형이 다가오며 말했다. 나는 얼른 마당을 가로질러 연못 쪽으로 내려갔다. 모두들 나를 쳐다보고 있다. 잉어는 다 어디로 갔느냐고 묻는 듯하다.

일주일 전에 비단잉어 40마리를 사서 연못에 넣었다. 찾아오는 사람들에게 황량한 산골의 풍경만 보일 수 없었기 때문이다. 반원형의 연못을 빙빙 돌며 아름다움을 연출하던 그들이 한 마리도 보이지 않는다는 것이다.

"겨울잠을 자러 바위 밑으로 들어갔겠지….” 인터넷에서 읽은 기억으로 내가 말했다. 그런데 아무도 내 말을 믿지 않는 눈치였다.

연못의 서편, 땅에서 1m정도의 높이로 방 하나 정도의 넓은 바위가 동쪽에서 서쪽으로 비스듬히 누워있다. 그 위로 내려갔다. 높은 쪽 난간에 서서 연못을 내려다본다. 시냇물은 내가 서 있는 바위 밑에서 홈통을 타고 흘러내린다. 투명한 거품을 일으키며 20평 남짓한 연못 안 구석구석으로 흘러간다. 훤히 비치는 연못 바닥 어디에도 사람이나 짐승이 지나간 흔적은 없다. 바위 사이사이에 있는 개나리와 담장 밑의 장미는 삭정이처럼 말라 이마를 간질이는 바람에도 근드렁거린다. 하얀 서리로 덮인 연못가의 잔디 위에도 사람이나 동물의 자취는 없다.

"당신, 돈만 날렸잖아요.” 원망 섞인 아내의 말을 귓등으로 들으며 마당의 자갈길을 가로질러 거실로 왔다. 일흔 번째 맞는 나의 생일을 축하하러 온 일가친척들이 밥상을 사이에 두고

빙 둘러 앉았다. 모두들 불안해하는 눈치다. 이들을 안심시켜야 한다는 강박감이 차가운 뱀이 되어 가슴과 등을 친친 감는다. 온 몸에 소름이 돋고 마음이 들썽거린다.

"여보세요. 지난번에 비단잉어 사온 사람인데요, 어제 저녁에 한 마리도 없이 다 사라졌어요. 무슨 일일까요?" 마음속으로 겨울잠을 자러 은신처로 갔을 것이라는 대답을 기대하면서, 비단 잉어를 판 양어장에 전화를 걸었다. "혹시 냇물이 가깝습니까?" 양어장 주인이 물었다. "예." 하고 내가 대답했다. "그렇다면 두루미가 잡아먹은 게 틀림없습니다." 양어장 사장이 대답했다. "아무리 두루미라 해도 하룻밤에 40마리를 어떻게 잡아먹습니까?" 내가 말했다. "떼를 지어 왔겠지요." 양어장 사장이 말했다. 떼를 지어서 왔을 것이라는 말에 '그럴 수도 있겠다.'는 생각이 든다.

며칠 뒤 어느 모임에서 우연히 잉어의 실종에 관한 말을 꺼내게 되었다. 마음속으로는 누군가 겨울잠 얘기를 해 주기를 바라면서.

"그건 말이야, 너구리 짓이야." 산골에서 닭을 기르는 농부가 말했다. "너구리가 어떻게 하룻밤 사이에 40마리를 해치워?" 하동읍에 사는 친구가 말했다. "모르는 구나. 너구리가 얼마나 영리한데, 닭장의 철사 그물을 이리저리 비집고 들어와 닭도 잡아먹는데 그까짓 잉어 몇 마리 못 잡아먹겠어? 연못 가운데 바위 있잖아, 거기 엎드려서 지나가는 잉어를 앞발로 탁 치면 꼼짝 없이 잡히네." 닭을 기르는 친구는 눈으로 본 듯 오른손을 들어 비스듬히 내려치는 시늉을 해가며 설명한다. '물고기는 위기를 느끼면 본능적으로 도망가고 숨는데'라고 생각하면서도 우리 연못을 잘 아는 그가 하는 말이라 나도 무시할 수가 없었다.

"아니야, 수달의 짓이야. 최 참판 댁 연못 있잖아, 수달이 거기까지 올라와서 연못 속의 잉어를 다 잡아먹었대." 하동읍에 사는 친구가 말했다. "악양천에서 최 참판 댁까지의 거리가 얼마인데 1km도 넘잖아." 곁에 있는 다른 친구가 말했다. "하수관을 타고 들어왔대, 관리하는 사람이 직접 봤대." 읍내 친구가 대들 듯이 말했다. 우리 집에서 냇물까지는 직선거리로 50m정도밖에 되지 않는다는 것을 생각하니 이 말은 정말 신빙성이 있어 보인다. 수달은 물속이나 물위를 헤엄치며 물고기를 잡아먹지 않는가.

"내가 볼 때는 아무래도 사람 손을 탄 것 같다." 경찰공무원으로 근무하다 정년퇴직한 친구가 말했다. "아무리, 사람이 어떻게 물속의 잉어를, 그것도 하룻밤 새에 40마리나 잡아갈 수 있겠어?" 양계장을 하는 친구가 의아해하며 물었다. "무슨 소리, 섬진강에 돌아다니는 장어도 하룻밤에 수십 마리씩 낚아 올리잖아. 그런데 1m 남짓한 연못 속의 물고기쯤이야 쪽대로 뜨면 잠깐이지. 40마리 아니라 100마리라도 잡아 올려, 이 사람아." 전직 경찰관이 말했다. 듣고 보니 그럴 것도 같다. 믿을 수 없다는 생각을 하면서도 자기의 경험에 비추어 하는 말들이라 부정하기도 힘들었다. 교과서에서 본 적이 없으니 겨울잠에 대한 확신도 없다. 술잔이 돌아갈수록 목소리는 커져 갔다. 두루미와 너구리, 수달과 낚시꾼에게 혐의를 씌운 채, 고장 난 유성기처럼 자기들의 주장만 되풀이하고 있었다. 기쁨과 슬픔을 같이 한 우리 사이에 총알도 뚫을 수 없는 투명한 벽이 존재한다는 사실만 확인한 셈이다.

겨울의 끝자락, 2월 어느 날. 봄의 초입에 들어선 듯 햇볕은 따스하고 바람은 조용하다. 너럭바위 위에 우두커니 서서 연못을 내려다본다. 온통 흙탕물이다. 자세히 살펴보니 비단 잉어들이 연못바닥을 기듯이 헤엄치고 있다. 처음엔 우두망찰했다. 살아서 움직이는 그들을 보니 기쁘기도 했다. 그렇게 열을 올리며 떠들어대던 주장이 다 빗나간 것을 생각하니 몹시 허탈하다. 차가운 바위에 엉덩이를 붙이고 앉아 하늘을 쳐다본다. 흰 구름 점점이 하늘가를 맴돌고 있다.

들판이

"저놈의 개를 팔아야지. 개장수는 왜 오지 않는 거야. 들판이 저놈, 감히 제 어미를 물어." 건너편 큰 길을 바라보면서 투덜거린다. 사흘이 멀다 하고 들리던 "개 삽니다. 염소 삽니다."라는 개장수의 확성기 소리는 닷새째 울리지 않았다.

나는 개 두 마리를 기르고 있다. 스키는 어미이고 들판이는 그녀의 딸년이다. 스키가 발정기가 되어 좋은 수놈을 찾아 교미를 시켰다. 며칠 뒤 들판이가 발정을 했다. 들판이는 유산의 경험이 있기 때문에 교미를 시키지 않기로 했다. 그런데 문제가 생겼다. 발바리 수컷이 나타나 들판이 주위를 맴도는 것이었다.

개의 교미 특성상 발바리와 진돗개의 교미는 불가능해 보였다. 그래도 혹시나 하는 마음에 개 주인을 찾았다. 방송도 하고 온 마을을 수소문하기도 하였으나 주인은 나타나지 않았다. 눈에 뜨일 때마다 쫓을 수밖에 없다. 쫓을 때마다 들판이가 앞장서서 몰아내었다. 아마 주인이 휘두르는 막대기에 맞을까 봐 그러나보다 했다. 짐승에게도 저런 애정이 있다고 생각하니 함부로 할 일은 아니라고 생각했다. 4일쯤 지나고 나니 쫓는 것도 지쳤다.

1km도 넘는 큰길 밖으로 쫓아내기로 했다. 그 짧은 다리로는 우리 집까지 오기는 어려울 것 같아서였다. 이번에는 스키가 앞장서서 큰 길 밖으로 몰아내었다.

돌아오는 길에 들판이가 갑자기 스키를 물어뜯기 시작한 것이다. 당황해서 들판이의 엉덩이를 길가에서 주운 막대기로 때려도 보고 꼬리를 잡고 뒤로 당겨도 보았지만 번뜩이는 이빨로 물어뜯는 야수의 행동을 그만두게 할 수는 없었다. 옆구리 쪽을 손바닥으로 힘껏 쳤다. 깜짝 놀라 고개를 드는 사이 어미개는 달아났다. 한 번으로 하늘과 땅의 위치가 바뀌는 개싸움은 끝이 났다. 그때 들판이를 개장수에게 팔아야겠다고 결심했다.

개장수를 기다리고 있을 때였다. 어느 연속극 화면에 잔뜩 화가 난 빈궁이 자기보다 나이가 두 배도 더 되어 보이는 동궁전의 지밀상궁 종아리를 친다. "어제 밤이 일관이 잡아준 합궁일인데 동궁이 오지 않았다. 어느 년에게 갔느냐? 대라." 하고 다그치고 있었다. 새끼인 들판이가 어미인 스키를 물어뜯던 장면이 그 위를 스친다. 본능에 대한 욕구불만이 조선시대의 동궁전도 펄펄 뛰게 만들었다. 어찌 개에게서 염치와 예의를 찾을 수 있겠는가. "너는 되고 나는 안 되는 이유가 뭐냐?" 하고 어미를 물어뜯었을 것이다. 내가 들판이 에게 갑 질을 한 셈이다. 만인에 대한 을인 내가 오직 개 두 마리에게만 갑인 것 같다. 그 잘난 갑의 권한으로 짐승의 본능까지 좌우하려 했다니…. 부끄럽다.

어느 봄날

    섬진강의 물안개는 적막을 걷으며 백운산 산록을 치닫고 있다. 지리산의 비탈진 산마루에 있는 오두막, 꽃창포 노랗게 핀 연못가 바위에 앉은 나는 쏟아 내리는 햇빛을 즐긴다. 비 개인 날의 바위는 걸레로 닦은 듯 정갈하다. 바닥을 환하게 드러내는 물은 두 손으로 한 움큼 떠서 마시고 싶다. 연못가를 맴도는 비단잉어의 행렬이 멍한 나의 의식을 깨운다.

    무심코 고개를 든다. 맞은편 집채만 한 바위 위를 비스듬히 누워 지붕처럼 덮고 있는 때죽나무를 본다. 연한 녹색 잎이 햇빛을 받아 습자지처럼 투명하게 비친다. 엄지와 검지로 비벼보고 싶을 만큼 보드랍다. 연한 녹색 이파리 아래에 하얀 꽃들이 종처럼 달려있다. 녹색 하늘에 하얀 구름이 둥둥 떠다니는 것 같기도 하다. 아! 봄이구나.

황금색을 띤 물체가 움직인다. 자세히 보니 새다. 황금색 몸통에 눈가의 동그란 검은 선이 뒷머리까지 연결되어 있다. 날개 끝과 꼬리가 유난히 검다. 꾀꼬리다. 이처럼 가까이서 꾀꼬리를 본 것은 처음이다. 이 장면을 조금이라도 더 즐기고 싶다. 인기척에 놀라 날아갈까 봐 입을 다물며 숨을 죽인다. 등걸처럼 가만히 앉아 눈을 크게 뜨고 바라본다.

장정의 허벅지만 한 줄기에 팔뚝만 한 가지가 층층이 나있고 그 가지에 수많은 잔가지가 잎과 꽃을 달고 바위 위를 지붕처럼 덮고 있다. 나무줄기의 중간쯤, 줄기와 가지가 붙어 있는 곳에 머리를 위로하고 앉아있는 꾀꼬리 역시 꼼짝도 하지 않는다. 손안에 가득 차는 붓대를, 다섯 손가락을 우그려 부드럽게 잡고 물감을 듬뿍 묻혀 연녹색 바탕에 힘껏 찍어 누른 황금색 점 같다.

"삣, 삐요코, 삐요." 하고 새가 운다. 내 귀에는 '나 찾아봐라.' 하는 소리로 들린다. 그때 퍼드덕 하는 소리가 나더니 어디선가 또 한 마리의 꾀꼬리가 날아들어 윗가지에 앉는다. 아래위에서 마주보며 두 마리의 새는 상대방을 확인하는 것 같다. 아래에서 위로, 위에서 아래로 자리를 옮겨가며 날았다 앉았다 한다. 밀고 당기는 자웅의 사랑 놀음인가? 수놈이 암놈을 향해 강한 부리와 황금색 깃털을 펼쳐 보인다. 날개를 오므려 날씬한 몸매를 짓더니 다리를 쭉 뻗어 튼튼한 발톱을 내민다. 건강하고 능력 있는 수놈을 맞이하고 싶은 암놈은 "그쪽 말고 이쪽, 아니 한 번 더…." 하면서 이 놀이를 즐기는 것 같다.

아래에 있던 새가 갑자기 허공으로 날아오른다. 위에 있던 새도 앞의 새를 따라 날아오른다. 앞의 새가 '삣, 삐요' 하는 소리를 지르며 장병의 창검처럼 삐죽삐죽 솟아 있는 진한 녹색 숲 속으로 떨어지듯 날아 내린다. 그러자 뒤따르는 새 역시 쏜살같이 숲 속으로 날아 내린다. 아마도 수놈의 솟아오르고 날아 내리며 빠르게 나는 체력을 시험하고 있는 듯하다. 쌍곡 선을 그리며 진녹색 잡목 숲 위를 날아올랐다 내렸다 하더니 순식간에 눈앞에서 사라진다. 애절한 절규 같기도 하고 환희에 찬 신음 같기도 한 그 소리, 깊숙한 본능의 늪에서 우러나는 애절한 소리만 귓전을 맴돈다. 가슴속에서 피어오르는 모닥불의 온기를 은은하게 느끼며 꾀꼬리가 사라진 숲 쪽을 멍하니 바라본다. 아름답다. 역시 봄은 사랑의 계절인가 보다.

"사월은 가장 잔인한 달/ 죽은 땅에서 라일락을 키워내고/ 추억과 욕정을 뒤섞고/ 잠든 뿌리를 봄비로 깨운다. / 겨울은 오히려 따뜻했다…."[2) 라는 시구가 머릿속을 스친다. 그래, 사월은 가장 잔인한 달이지. 푸른 새싹의 희망을 즐길 사이도 없이 죽음의 비참함을 떠오르게 하지. 눈앞에 아른거리는 참혹한 시체의 부패가 새 생명의 희망과 부드러운 아름다움을 주었다 뺏어가는 봄, 그 봄의 한가운데인 4월, 얼마나 잔인한가. 돌도 얼고 산도 얼고 물도 어는 그래서 천지가 삭막한 죽음뿐인 겨울보다 잔인한 달이다.

"사월이여, 너는 어쩌자고 다시 돌아오는가?/ 아름다움으로 족한 건 아니다…./ 뾰족한 크로커스 꽃잎을 바라볼 때면/ 목덜미에 햇살이 따사롭다./ 흙냄새도 좋다./ 죽음이 사라진 것 같구나…./ 땅 밑에선 구더기가 죽은 이의 뇌수를 갉아먹는다, 그뿐인가?/ 인생은 그 자체가/ 무(無)/ 빈 잔/ 주단 깔리지 않은 계단일 뿐,/ 해마다 이 언덕 아래로, 사월이/ 재잘거리고 꽃 뿌리며 백치처럼 온다 한들/ 그것만으론 충분치 않다."[3] 이 시구는 나의 마음을 더욱 처량하게 한다.

코앞으로 성큼 다가서는 죽음을 본다. 나무는 죽은 나의 뇌수를 하얀 뿌리로 휘젓는다. 내 몸 안에 축적된 모든 영양분을 빨아들인다. 그것으로 윤기 흐르는 녹색 잎을 촘촘하게 피우고 붉은 꽃을 피운다. 가슴에 일던 모닥불은 꺼지고 등줄기의 끝이 찌릿해진다. 온몸의 털이 곤두선다. 차가운 기운이 가슴

2) T.S. 엘리엇, 황동규 역. ≪황무지≫. 민음사. 2017. pp.41.
3) 빈센트 밀레이. 최승자 옮김. ≪죽음의 엘레지≫. 인다. 2017. pp.18〈봄〉.

으로 치밀어 오른다. 아릿아릿하다. 뒷목이 서늘해진다. 섬뜩하다.

마당에 들어서자마자 처마 밑에 눈이 닿는다. 자루처럼 길게 붙어있는 제비집이다. 그 안에서 네 마리의 새끼가 집 밖으로 입을 벌리고 짹짹거린다. 꿈틀거리는 벌레를 입에 문 어미는 집 가장자리에 발을 붙이고 날개를 퍼덕이며 새끼들의 벌린 입을 내려다보고 있다. 비로소 잔인한 4월의 환상에서 깨어난다.

현미경으로만 볼 수 있는 작은 동물에서 사람에 이르기까지 피라미드가 이루어지고, 피라미드의 맨 꼭대기에 있는 나의 주검은 눈으로 볼 수도 없는 하찮은 이들의 먹이가 되는 것이 세상의 이치 아닌가. 어느 주검을 딛고 이름도 알 수 없는 풀이 돋아난다. 두터운 겨울 외투를 벗기는 따뜻한 봄은 차가운 얼음 위에 서 있다. 새잎만 돋아나는 세상, 갈잎만 지는 세상을 생각해 보라. 세상은 꽉 차거나 텅 비어버릴 것이다. 어느 쪽이든 세상의 종말이 아닌가.

새로운 탄생은 희생 위에 서 있고 희생은 사랑 없이 불가능하다. 죽음이 있기에 탄생이 있고 탄생이 있기에 죽음이 있기 때문이다. 할아버지가 살던 공간을 차지하고 살았다면 나 역시 손자에게 그 자리를 물려주어야 하지 않겠는가.

모든 주검과 새 생명의 탄생은 사랑을 바탕으로 이루어지는 우주 자연의 이치이다. 희생도 잔인함도 사랑의 이면이다. 사계절의 변화를 바꿀 수 없듯, 우주 자연의 이치 역시 우리의 힘으로는 어쩔 수 없다. 먼 훗날 머리 위에 노란 꽃 뿌려지고 하얀 잔디 뿌리 눈을 간질이는 봄이 올지라도, 푸른 잎과 붉은 꽃이 피어나는 이 따뜻한 봄에, 한 무더기 모닥불을 가슴에 피우고 싶다.

산에 대하여

산은 덕이 있다.

산은 자기를 위해 아무 일도 하지 않는다. 산은 돌과 흙으로 이루어져 있다. 산의 아랫부분은 흙이 많아 풀과 나무가 잘 자라고 초식동물과 풀숲에 서식하는 벌레들이 산다. 위로 올라갈수록 돌은 많아진다. 커다란 바위가 절벽을 이루기도 하고, 크고 작은 바위와 돌들이 모여 너덜겅을 형성하기도 한다. 바위 사이의 빈 공간에는 동물들이 깃들어 산다. 너덜겅은 산이 머금은 물을 뿜어내어 큰 강의 발원지가 되기도 한다. 때로는 거대한 바윗돌이 지반이 약한 사면 쪽으로 굴러 산사태가 나기도 한다. 산은 그 상처가 아무리 깊어도 치료하지 않는다. 고통을 지닌 채 살아간다. 정상에 오르면 더 이상 깎이지 않을 것 같은 바위가 절벽을 이루기도 한다. 발가벗은 채 바람과 구름과 빗물에 씻겨 탈속한 아름다움을 드러낸다. 우리는 벅찬 가슴으로 '야호!' 하고 환호성을 지른다. 누가 알겠는가. 신비의 아름다움 뒤에 숨겨진 고독과, 나신으로 바람과 비를 맞아야 하는 고통을. 바람과 비에 깎이고 파이더라도 높이나 크기가 변하지 않는 것이 진정으로 원하는 것이 아니라는 것을. 그러나 분명한 것은 자기를 위해 1초도 쓰지 않는 산의 후덕함이 영겁을 사는 비결이라는 것이다.

산은 자기가 생산하고 기른 것을 자기의 것이라고 주장하지 않는다. 하나의 생태계가 그 안에서 이루어지지만 자기의 힘으로 그렇게 된다고 주장하지 않는다. 두터운 땅의 힘으로 미생물의 서식처를 제공하고 그들이 분해한 거름으로 풀과 나무를 자라게 한다. 풀숲에 사는 작은 벌레와 열매를 찾아 새들이 모여든다. 이슬 함초롬히 머금은 부드러운 풀을 찾는 초식동물이 있고, 그 초식동물의 뒤를 따르는 육식동물, 잡식동물이 있다. 풀은 풀대로, 나무는 나무대로 성장하고 꽃 피우며 열매 맺는다. 동물은 동물대로 성장하고 번식하며 그들의 삶을 살아간다. 동물은 미생물의 먹이가 되고 미생물은 식물의 먹이가 된다. 식물은 다시 동물의 먹이가 된다. 먹이사슬의 고리 안에서 먹고 먹히는 일이 벌어지고 있지만 산은 그런 일에 나서지 않는다. 오히려 생태계의 순환을 질서의 근간으로 삼는다. 그들의 존재를 인정하고 나름대로의 삶의 방식을 존중한다. 그래서 생과 사를 가르는 동물의 드잡이질로 곳곳에서 비명이 들려도 귀 기울이지 않는다. 햇빛을 앗는 경쟁으로 시드는 초목의 소리 없는 아우성이 드러나도 눈 돌리지 않는다. 관심을 갖지 않는 방식으로 사랑하는 지인(至人)다운 산의 모습이다.

산은 마음의 고향이다. 봄이 되면 풀은 자라 초원을 이루고 나무는 짙어 숲을 이룬다. 여명의 숲은 새들의 지저귐으로 바쁘고, 안개 낀 아침 산은 적막으로 고요하다. 햇볕 따가운 한낮의 숲과 초원은 한산하지만, 붉은 석양빛 감도는 그늘진 숲은 짐승들의 먹이질로 부산하다. 어느덧 가을로 접어들어 초원이 시들면, 숲은 짙은 녹색을 떨구어 무더운 여름을 작별한다. 찬 서리 내려 억새의 서슬 푸른 칼날이 번뜩이던 날, 높은 산 나무들은 촘촘하게 서서 시린 상고대 요란하게 흔든다. 흐르는 시냇물도 수직으로 서는 겨울, 짙은 물안개는 고독을 업고 산등성이를 오른다. 눈 덮인 삼동(三冬)의 고독을 견뎌내면 생명의 탄생으로 부산한 봄을 맞는다. 그 자리에 서서 사시사철 버티는 의연(依然)한 자태에서 고향을 본다. 아버지·어머니를 느낀다.

산은 유혹과 바람으로부터 우리를 보호해 준다. 천지 사방을 주유하자는 구름의 유혹을 찢고 든든한 자세로 우뚝 서서 바람을 맞이한다. 유혹에 약하고 상처받기 쉬운 풀과 나무들, 그 안의 많은 생물들을 보호한다. 산들거리는 봄바람은 연약한 가지 간드러지게 흔들며 놀다 가도록 한다. 비바람 휘몰아치는 한여름 밤의 광풍은 매서운 독기를 거두도록 구슬린다. 갯내음 물씬 풍기는 한가위 즈음의 태풍을 온몸으로 받아 노기를 누그러뜨린다. 그래서 산은 바다를 향하여 내리 뻗을 때에도, 산맥을 이루어 울타리처럼 선다.

산은 말없는 행동으로 가르친다.

산은 늘 그 자리에 서서 길을 가르쳐준다. 가을 하늘을 나는 기러기에게는 북쪽 하늘을 안내하고, 뒷다리로 소똥을 굴리는 쇠똥구리에게는 집으로 가는 길을 가르쳐준다. 이역만리에서 몇 십 년 만에 돌아오는 나그네에게는 고향의 위치를 가르쳐 주고, 인생의 좌표를 잃고 방황하는 자에게는 삶의 원칙을 일러 준다. 지평선이 아련히 보이는 만경평야의 이정표처럼, 몇 백 평의 건물 중간 중간에 버티고 서 있는 조각처럼 그렇게 서서 길을 안내한다.

갈등과 혼란으로 가야 할 길을 찾지 못해 눈앞이 캄캄할 때, 내리 누르는 인생의 무게가 천근만근 무겁게 느껴질 때, 산을 마주하고 서서 고통의 질곡에서 벗어날 길을 물어보라. 선생님의 답변을 기다리는 초등학생처럼 공손한 자세로 서 있을 필요는 없다. 무심한 눈빛으로 8부 능선쯤을 바라보고 한참을 서 있으면 된다. 산은 당신이 필요한 답을 일러줄 것이다.

산은 말이 없다. 이심전심으로 마음을 전한다. 산들바람처럼 다가와 고막에 이르기도 하고 천둥소리처럼 심금을 울리며 마음속에 새겨지기도 한다. 인터넷에서 답을 찾듯 손가락을 이리저리 움직이고 눈동자를 굴릴 필요도 없다. 마음속에 의문을 품고 말없이 쳐다보기만 하면 된다. 대답은 늘 한마디로 간단하고 명료하다. '무욕(無慾)'이다. 무욕이라는 말이 떠오르는 순간 나아갈 길이 가르마처럼 나타날 것이다. 산은 지인이요 군자요 성인이다. 모든 번민은 욕심에서 생겨나는 것, 한순간이라도 욕심을 버릴 수 있다면 적어도 그 순간만은 행복하지 않겠는가. 그래서 사람들이 산을 찾는지도 모른다.

대밭에서

울타리가 허물어진 대밭의 가장자리에 서서 그 안을 들여다본다. 굵은 대나무의 촘촘한 틈 사이로 아침 햇살이 손전등처럼 내리비치고 있다. 어스름한 그늘을 파고드는 하얀 빛살이 투명한 유리관처럼 바닥으로 비스듬히 이어지고 무수한 먼지들이 그 안에서 하루살이처럼 흩날린다. 대나무 사이를 파고드는 아침 햇살은 무쇠도 자를 수 있을 만큼 날카롭고 강렬해 보였지만, 지면에 닿아서는 어머니의 얼굴처럼 온화하고 부드럽다.

두어 발자국 앞에 소형 자동차 한 대가 들어갈 만 한 정도의 공간이 보인다. 바싹 말라 빛바랜 대나무 잎과 아침 햇살, 그 뒤로 울타리처럼 들어선 대나무들. 설치미술을 감상하듯 이리저리 기웃거린다. 그 조화가 아름다워 사진으로 남겨두고 싶다. 왼팔을 구부려 손바닥이 하늘을 향하도록 한 채 카메라를 그 위에 올려놓는다. 왼팔을 옆구리에 붙이고 카메라를 얼굴에 찰싹 붙인다. 파인더를 왼쪽 눈에 댄다. 적당한 간격으로 하늘을 향해 곧게 뻗은 녹색의 둥근 몸체를 여백의 크기에 어울리게 싹둑 잘라 파인더가 꽉 차도록 트리밍 한다. 키 높이를 조절해 가며 좌우로 몸을 이동한다. 사광(斜光)의 효과로 마디가 가장 도드라져 보이는 위치와 높이에서 멈췄다. 사이사이로 자라고 있는 죽순에 입체감을 주기 위해 앵글의 각도를 조절해 본다. 두 다리에 힘을 준 채 호흡을 멈춘다. 검지로 셔터를 살짝 누른다. 아름다운 광경이 동공을 뒤덮고 숨이 차오른다. 찰칵! 순간 나는 환상에서 깨어난다.

마음이 들뜬 나는 대나무 사이사이로 몸을 비켜가며 숲 속으로 한 발 한 발 조심스럽게 걷는다. 바스락거리는 소리가 들릴 때마다 청각은 예민해지고 머리는 쭈뼛쭈뼛해진다. 푹신하면서도 물컹한 느낌이 발바닥에서 다리를 거쳐 순식간에 심장으로 파고든다. 가슴이 쿵쾅거린다. 눈은 정면을 본 채 구부정한 자세로 살금살금 걷는다. 열 걸음쯤 들어갔을까…. 눈앞이 훤해진다. 교실 한 칸 정도의 빈 공간이 보인다. 양손으로 얼굴과 머리 위에 어지럽게 걸려있는 거미줄을 뜯어내면서 사방을 살핀다.

건너편 왼쪽 가장자리쯤에 짐승의 털과 가죽이 어지럽게 널브러져 있다. 오른쪽으로 고개를 돌린다. 날짐승의 깃털이 맷방석처럼 둥그렇게 널려있다. 음습한 숲 속에서 살육의 흔적을 보는 것만큼 소름 돋는 일은 없다. 그런데 보라. 그 죽음의 흔적을 뚫고 크고 작은 죽순들이 소뿔처럼 솟아오르고 있지 않은가. 짐승의 주검이 죽순으로 환생하는 것처럼.

그 자리에 쭈그리고 앉아 손에 집히는 막대기로 켜켜이 쌓인 댓잎을 들추어 본다. 맨 위의 댓잎은 담뱃불만 떨어뜨려도 파르르 불이 붙을 것 같다. 그 밑에는 축축한 퇴비층이 있다. 예리한 칼날도 튕겨낼 것 같은 마디 총총한 뿌리는 그 아래 있다. 얽히고설켜서 가는 막대기 하나 들어갈 틈도 없다. 여기저기 들쑤셔 봐도 온통 대나무 뿌리뿐, 다른 식물의 뿌리는 씨가 말랐다.

고개를 젖혀 하늘을 본다. 스크럼 짜듯 댓가지로 몸을 연결한 대나무들이 고개를 수그려 햇빛을 가리고 있다. 이곳에서 식물이 생존하기 위해서는 촘촘한 뿌리의 그물을 비집고 켜켜이 쌓인 댓잎을 뚫어도 빠른 시간 안에 짙은 그늘에서 벗어나 햇빛을 받을 수 있어야 한다. 어떤 식물이 이 조건을 충족시킬 수 있으랴.

대나무는 원래 한 뿌리에서 시작하여 무성한 숲을 이룬다고
한다. 그러고 보니 300평 남짓한 이곳에 다른 품종의 대나무
는 한 그루도 없다. 유서 깊은 어느 가문의 족보를 보는 듯하
다. 인연을 중심으로 하는 순혈주의자의 배타성이 여기도 있
구나. 바람에 실려 오는 비릿한 냄새를 맡는다. 대밭 속에서
삐어져 나오는 것 같다. 울타리 안에서 한 그루의 대나무로
살 때 그리워하던 냄새다. 아직도 남아 있을 내 흔적에서 풍기
는 것인지도 모른다. 역겨워서 토할 것 같다. 싸리나무 빗자루
로 쓸어내리고 싶다.

김규진의 풍죽도에서 고고하고 맑은 바람을 느꼈다. 사시사
철 푸르고 푸른 대밭을 보고 성실함과 충직함을 느꼈다. 속이
비었으니 욕심이 없다고 생각하기도 했다. 결을 따라 바르게
쪼개어지는 성질을 천성이 바르고 정의롭기 때문이라고 생각
했었다.

생각을 바꾸어야겠다. 숲속의 아침풍경이 아름다워 눈으로
마음으로 사진 찍듯 했던 기억마저 버려야겠다.

섬진강을 따라 길게 뻗은 모래톱을 걸으며 대밭 속의 한 그
루 대나무였을 때를 생각해 본다. 굳은 땅을 뚫고 세상에 나온
죽순의 순수함이 나에게도 있었다. 황갈색 비단 포대기로 싸
서 앉혀놓은 어린아이 같은 죽순의 의지로 태양을 바라고 그

빛을 더하기도 했다. 성장은 빨라 며칠 만에 하늘에 마주 섰다. 보호하던 황갈색 껍질을 벗어 던지고 청록색 몸통을 드러냈다. 그렇게 자라다 보니 속이 빌 수밖에 없었다. 비정상적으로 길게 자라고 속이 비었으니 럭비선수처럼 동료들과 스크럼을 짜지 않으면 바로 설 수도 없다. 산들바람만 불어도 사그락사그락 비명을 지르며 몸을 흔들 수밖에 없다. 바람이 옷깃을 날릴 정도면 체조하듯 상반신을 뒤로 젖힌다. 유리창이 깨어지고 기와지붕이 들썩일 때는, 요가가 허리를 뒤로 둥글게 젖히고 머리를 땅에 대듯 드러누워 길을 터 준다. 동료의 어깨를 빌리지 않으면 누울 수도 일어날 수도 바로 설 수도 없다.

정년이라는 이름으로 조직을 떠나 홀로 서려니 힘이 든다. 그러나 멀찍이 서서 숲을 바라볼 수 있는 기회도 갖게 되었다.

대나무는 바람이 불 때마다 같은 방향으로 드러누워 대밭 속을 가린다. 일사불란한 행동으로 무엇인가를 숨기려는 것 같다. 무엇을 숨기려는 것일까? 뿌리를 그물처럼 촘촘하게 엮어 다른 식물이 뿌리를 내릴 수 없도록 한 순혈주의자의 배타성이 드러나는 것이 싫은 것일까. 평화로워 보이는 숲 속에서 잔인한 살상이 일어나고 그것을 눈감아 준 대가로 전리품을 챙긴 것이 탄로 날까 봐 저렇게 드러눕는 것일까. 바람에 항거하다 잔등이라도 부러져 욕심과 허영으로 가득 찬 풍선이 드러날까 봐 미리 눕는 것일까. 무엇이 썩는지 눈에 보이지는 않는데 역겨운 냄새는 코로 스며든다.

눈만 뜨면 보이는 것이 대숲이다. 바람 불면 자기 발밑 덮기에 바쁜 대숲. 국회의사당 안에서도, 텔레비전 화면에서도 도시에서도 시골에서도 본다. 이제 무덕무덕 서 있는 그들을 보는 것도 식상하다. 한 그루 대나무로 살아온 흔적마저 지우고 싶다. 폭설이라도 내린다면 한때나마 눈을 시원하게 할 텐데….

신의 다름나무

화개장터, 어느 다구(茶具) 판매점 앞에 섰다. 눈을 들어 점포 안을 살피며 들어갈지 말지 망설인다. 10평정도의 규모다. 입구를 제외한 3면의 벽은 칸을 지른 선반으로 되어있고 각 칸 마다 찻잔과 받침, 숙우, 다호, 퇴수그릇, 차시 등 차를 마시는데 필요한 것들이 빼곡히 들어앉아 있다. 동쪽 벽의 선반 앞에는 두 명의 여인이 입을 꽉 다물지 않은 채 멍한 표정으로 높은 곳에 진열된 찻잔들을 올려다보고 있다. 계산대는 서쪽 선반 앞에 있다. 주인은 계산대 앞에서 계산기를 두들겨 가며 중년의 여인과 침을 튀겨가며 물건을 흥정하는 중이다.

계산대 위에서 눈길이 멈췄다. 안경을 쓴 황백색의 새 조각이 보인다. 올빼미 같기도 하고 부엉이 같기도 하다. 안으로

들어가 자세히 살핀다. 15도 정도로 비스듬히 앉아 금방이라
도 비상할 것 같은 자세다. 고개를 꼿꼿이 들고 다섯 시 방향으
로 굽어본다. 두 개의 귀는 둥근 머리위에서 쫑긋하다. 적갈색
의 두 눈은 유난히 반들거린다. 부리는 몸 쪽으로 둥글게 구부
러져 눈과 눈 사이에 갈고리처럼 솟아 있다. 백색 안경을 쓴
맹수의 모습은 우습기도 하고 친근하기도 하다. 틀림없는 부
엉이다.

　손으로 더듬어 본다. 어린아이의 손을 만지는 기분이다. 아
무리 보아도 붙이거나 칠한 흔적이 없다. 겉 부분은 하얀 색깔,
그 다음 변재(邊材)는 연한 황백색, 심재(心材)는 짙은 적갈색
이다. 세 가지 색깔로 조각을 할 수 있는 결이 고운 이 나무의
이름은 무엇일까?

　"이 안경은 붙였습니까?" 하고 주인에게 물었다. "원래 그런
나뭅니다." 라고 대답한다. 다시 무슨 나무냐고 물었더니 "다
른 나뭅니다. 겉 다르고 속 다른 나무지요." 라고 대답했다.
순간 나는 '겉 다르고 속 다른 사람'이라는 말이 연상되어 가슴
이 뜨끔했다.

　겉과 속이 다르기로 말하면 이 지구상에서 나를 따를 것이
있을까 싶다. 나의 마음은 한 가지 색깔이 아니다. 조성모의
노랫말처럼 내 안에는 너무 많은 내가 있다. 바람에 따라, 기

온에 따라, 밤과 낮에 따라, 시시각각으로 각기 다른 내가 여러 가지 색깔로 얼굴을 들이민다. 밖에 나타난 색깔도 마찬가지다. 상황이 유리하면 지금 보이는 색깔이 나라고 말한다. 상황이 불리하면 내 안에 있는 색깔은 그렇지 않은데 사정이 있어 이렇게 되었노라고 변명한다. 진정한 나의 색깔이 어떤 것인지는 나도 모른다.

신이 부와 명예를 탐하여 인간을 소재로 안경 쓴 부엉이를 조각한다면 나를 선택할지도 모른다. 부드러운 피부의 결을 살려 신의 솜씨로 조각된 부엉이가 신전 앞에 비스듬히 앉아, 바람과 햇빛과 주위의 환경에 따라 안경테와 몸통과 눈동자의 색깔이 수시로 변한다면 얼마나 재미있겠는가. 무지개의 일곱 색깔보다 더 많은 색깔, 활짝 편 공작의 깃털보다 더 화려한 무늬로 시시각각 변하는 부엉이는 천상의 명물이 될 것이다. 온갖 신들이 부엉이를 보기위해 모여들 것이다. 그 부엉이를 가진 신은 금방 이름 있는 부자가 되지 않겠는가.

"손님, 찾는 물건이 있습니까?" 주인이 물었다. 상상은 거기에서 멈췄다. 나는 아무런 대꾸도 않은 채 머리만 굴리고 있었다. "나는 누구일까."

회화나무 송

부곡컨트리클럽 서(西)코스 1번 홀. 티샷을 위해 기다리면서 연습스윙을 하는 곳에서 페어웨이 쪽으로 삼 미터 쯤에, 괴상망측한 몰골의 회화나무 한 그루가 서 있다. 밑둥치의 둘레가 육 미터도 넘는데 높이는 팔 미터 남짓한 길이만 남기고 싹둑 잘려나갔다. 75도 정도로 비스듬히 서서 텅 빈 속은 하늘을 향하여 자기의 속 구석구석을 다 드러내고 있다. 잘려나간 둥치의 끝 부분에 붙어있는 내 팔뚝만한 여덟 개의 가지는 큰 둥치에 비해 어울리지 않는다. 앙상하게 달려있는 녹색 잔가지가 없다면 영락없이 죽은 둥치였다.

회화나무는 높이가 사십 미터 내지 오십 미터, 직경이 육미터까지 자라고 천년 이상을 살기 때문에 당산나무나 정자나무로 쓰였다. 주나라 때는 삼공(三公)이 회화나무를 마주보고 앉아 정사를 보았다고 한다. 나뭇가지가 멋대로 자라면서도 일정한 질서가 있어 학자를 닮았다 하여 학자나무라고도 한다. 이 나무의 영명(英名)은 scholar tree이다. 뿌리와 몸통, 가지와 잎, 꽃과 열매 모두가 약으로 쓰인다. 옛사람들은 집 근처에 회화나무를 심으면 큰 인물이 난다고 믿었다. 그래서 심는 장소마저 가렸던 상서로운 나무이다.

나무가 오십 미터의 높이를 자랑할 때 사람들은 오뉴월 뙤약볕을 피하게 해준 무성한 가지들에게 고마워했다. 온 몸을 희생하여 인간의 질병을 다스리게 해준 그 덕을 칭송하기도 하였다. 동구 밖 적당한 위치에 서서 형형색색의 헝겊 조각이 엮인 새끼줄을 달고 있을 때에는 숙연한 마음으로 소원을 빌기까지 했다.

모진 풍우한설

벼락까지 겪으면서 오백여 성상

욕심 버리고 속 비우니

이 봄에도 새 움 돋아나네.

우리 골퍼들도 욕심 비우고 이만하면 되었다 싶을 때 만족할 줄 알자!

　　－〈회화나무 송〉, 골프애호가

벼락으로 높이가 꺾이고 노쇠해지자 남은 가지는 잘려나갔다. 오백 년을 땅에 내린 큰 뿌리도 잘려나갔다. 몇 개의 잔뿌리만으로 낯선 소나무 밭으로 옮겨졌다. 너와집 지붕 같은 억센 껍질 위에 어머니의 말씀 같은 부드러운 메시지를 매달고 힘겹게 서있다. 인간이 꽂아 놓은 오만의 깃발은 세찬 바람에도 소리 없이 나부낀다.

세월의 흔적이 덕지덕지 묻어있는 껍질 사이에 뻥 뚫린 구멍으로 나무 몸통 안의 기이한 모습이 보였다. 빼곡히 차있던 생의 흔적이 빠져나간 자리는 휑하니 비어있다. 2.9 평방미터의 작은 공간은 하나의 소우주를 이루었다. 보호하던 세포벽을 잃은 아픔으로 화상 자국 같은 모습을 한 세포벽은 거대한 성벽이었다. 개미 여섯 마리가 성 안의 작은 풀숲을 오가며 햇볕을 즐기고 있었다.

가르마처럼 한여름 밤의 무더위를 가르고 밀어닥치는 세찬 폭풍우도, 서릿발 솟는 혹독한 추위를 부르는 눈보라도 없다. 무심히 짓밟아 목숨을 위협하는 동물의 발길도 그 곳에는 없다. 나무 안의 소우주는 참으로 평화롭게 보였다. 골퍼들의 승부욕이 경기를 망칠 수 있다는 경고에 가까운 글은 이제 관심 밖이다. 천리에 따르는 자연의 삶이 보낸 메시지가 너무 숭고하여 고개를 들기 부끄러웠기 때문이다.

물과 영양을 나르기에도 힘겨워 속껍질이 휘어지는 인고의 고통을 겪으면서도 세포벽은 작은 우주의 평화를 지켰다. 이 회화나무에서 자기의 몸을 이(虱)에게 보시하면서 즐거워했던 득도한 고승의 성스러운 모습을 본다. 알아주는 이 없어도 서운해 하지 않는 군자의 참 모습을 생각한다. "호랑이는 죽어 가죽을 남기고 사람은 죽어 이름을 남긴다."고 하지만, 모든 생물은 자기를 길러준 우주의 거름이 되고 마는 것을 …. 쓰러져가는 볼품없는 나무의 팔 미터 높이가 오늘 따라 팔십 미터로 커 보인다.

벼락이 둥치를 날리면 속을 비우고, 인간이 가지를 치면 뿌리를 줄여 수분을 조절한다. 뿌리가 약해지면 잎과 가지를 줄이거나 많은 열매를 맺어 영양의 균형을 꾀했다. 그래도 부족하면 몸 안의 세포들을 도려내어 끊임없이 지상부와 지하부의 비율을 맞추었다. 회화나무의 생존방식은 지극히 자연스럽고 지혜로운 삶 그것이었다. 자연의 삶은 천리에 따르는 삶이어서 아름답다. 그곳에서는 살아가는 도리와 가치를 가르칠 일도 없다. 공자가 칠십에나 달성한다는 '마음먹은 대로 행해도 법에 어긋나지 않는다.'는 경지가 처음부터 이루어지는 곳이다. 속을 드러내고 숨김없이 살아간다. 숨길 것이 없으니 가릴 일도 없다. 숨기고 가린 것이 드러날까 고심하는 우리의 삶이

한 그루 회화나무 앞에 부끄럽게 느껴진다. 한번만이라도 저 나무처럼 투명하고 남을 위한 삶을 살아 보고 싶다면 지나친 욕심일까?

얼굴 없는 사람들의 발자국이 지천으로 널려 있는 회화나무 한 그루, 득도한 듯 서있다.

밥은 당신이 다 먹었어?

아내로부터 오늘 온다는 전화가 왔다. 오랜만에 맛있는 반찬으로 점심을 같이 먹고 싶었다. 바닷가 들판에는 보리이삭이 피고 있다. 지금은 주꾸미가 제철이다. 주꾸미 요리를 위해 어물전으로 갔다. 난전(亂廛)에서 주꾸미 파는 곳을 발견했다. 낙지에 밀려 천대를 받던 놈이지만 이맘때는 귀하신 몸이다.

아직도 생을 즐기며 물통 안에서 꾸물거리는 주꾸미를 가리키며 생선장사 아주머니에게 물었다. "주꾸미 어떻게 팔아요?"

"4마리에 만원입니다. 요즘이 제철이라 밥도 많이 들어있고 맛있어요. 올해는 주꾸미가 잘 안 잡혀 비싸요." 그리고는 그 옆 물통에 죽어 늘어져 있는 놈들을 가리키며 "얘들은 죽은

놈, 열두 마리에 만원이요." 아주머니의 음흉한 심사와 쌀밥 같은 알이 머리에 가득 든 주꾸미를 싼값에 산다는 나의 시커먼 심보가 곡선을 그리며 만났다. 기뻐할 아내를 생각하며 비닐봉지에 든 열두 마리의 값으로 만 원을 건넸다.

"여보, 밥은 당신이 다 먹었어?" 아내의 당황한 목소리를 듣고 부엌으로 갔다. 절개된 머리에 밥알처럼 고슬고슬한 알은 하나도 없었다. 가만히 생각해 보니 수입한 냉동 주꾸미를 제철 주꾸미인 줄 알고 잘못 사온 것이다.

주꾸미 장사는 대놓고 나를 속이지는 않았다. 내 마음속 깊은 곳에 남아있는 시커먼 탐욕이 나를 속인 것이다. 마음 속 깊숙이 남아있는 탐욕의 불씨는 아직도 뱀의 혓바닥처럼 날름거리고 있다. 예순이 넘은 이 나이에도 불혹(不惑)과 부동심(不動心)은 언감생심이다.

제철을 만나 해동한 주꾸미가 넘쳐난다. 내 눈의 들보부터 빼야겠다. 생선장사의 곁에서 제철 주꾸미인 척 하고 살아온 것은 아닌지. 주꾸미 장사처럼 교묘한 말과 잔재주로 세상을 속이며 살아오지 않았는지? 반성해 볼 일이다.

모두가 취해 있어도 나 홀로 깨어 있다면 섬진강의 물이 흐린들 무슨 상관이 있겠는가.

자화상

용인에 사는 큰아들로부터 전화가 왔다. "아버지, 생신인데 뭐 가지고 싶은 것 없으세요? 있으면 말씀해 주세요." 일 년을 더 늙었다는 서글픈 생각보다 '선물'이라는 말에 기뻤다. 아들의 선물이 아닌가. 가슴이 뛴다. 눈가에 주름이 잡히고 광대뼈 근처의 근육이 당겨진다. 입꼬리가 위로 치켜 올라간다. 불쾌해진 얼굴로 허연 이빨을 드러낸 채 이리저리 생각을 굴려본다. 무엇을 사 달라 할까. 책, 전자제품, 아니면 옷, 구두? 아무리 생각해도 떠오르는 것이 없다. 내 사는 형편도 힘들지는 않은데 구태여 힘 들여 벌어 온 아들의 돈을 축낼 일이 아닌 것도 같다. "아니, 괜찮아. 나에게 지금 필요한 것이 뭐 있겠니? 너희들 얼굴 보여주는 것이 제일 좋은 선물이지." 하는 말을 하려고 마음속으로 작정을 한다.

순간 또 다른 유혹의 소리가 머릿속을 꽉 채운다. '모처럼 찾아온 이 기회를 놓치지 마. 이 바보야! 생각이 나지 않거든 전화 끊고, 다시 전화하겠다고 해.' 유혹의 속삭임이 입을 통해 밖으로 튀어나온다. "응, 고맙다. 생각해 보고 전화할게." 하고 전화를 끊었다.

'정말 아슬아슬했어. 큰일 날 뻔했잖아. 그 순간에 어떻게 그런 생각을 했지?'영악한 나 자신이 기특하기까지 하다. 상대가 남이었다면 순수한 마음이 탐욕에 짓눌려 일어난 행동에 대해 분명 부끄러워했을 것이다. 그리고 내 의지는 행동 이전에 망설임이 있었을 것이다. '이런 말을 하면 상대방이 어떻게 받아들일까' '다른 사람들은 이런 경우 어떻게 할까' 하고 한 번 더 생각해 보았을 것이다.

아내가 생일 선물에 대해 물어왔을 때 한 행동을 되돌아본다. "그냥 돈으로 줘" "그런데 얼마 줄 거야?" 하고 망설임 없이 말했다. 만약 금액이 적다는 생각이 들면 좀 더 올려달라고 흥정하기도 했다. 일단 현금을 확보하고, 선물로 받고 싶은 것은 다음에 사 달라고 했다. 그렇게 해서 돈도 챙기고 필요한 물건도 챙겼다. 그런데 자식한테까지 그처럼 영악하게 하기는 좀 민망하다. 믿고 기대고 싶은 마음이 아직은 아내만 못한가

보다.

　책을 사 달라 할까? 책상 앞에 앉아 책장에 진열된 책을 죽 둘러본다. 그러다 어느 분의 학문적 성과를 총망라한 전집이 구입 당시의 상태로 깨끗이 꽂혀있는 것을 본다. 다시 책장을 둘러본다. 끝까지 다 읽은 책도 있고 반쯤 읽은 책도 있지만, 사 온 뒤로 손도 대지 않은 책도 있다. 책장 앞에서 필요한 책을 찾으려니 힘이 든다. 포기해야겠다. 느끼하게 번들거리는 지식에 대한 탐욕을 잠깐 내려놓는다.

　옷을 사 달라 할까? 옷장을 살핀다. 두 개의 장에 계절마다 번갈아 입을 수 있는 옷들이 깻잎 하나 들어갈 틈도 없이 빽빽하게 걸려있다. 20년도 넘은 옷에서부터 엊그제 홈쇼핑에서 산 옷까지 다양하다. 대부분이 몇 년 동안 입어보지 않은 것들이다. 잘 입지도 않으면서 버리지도 못하고 있다. 오래되었거나 유행이 지난 옷들은 산에 갈 때나 작업복으로 입으려고 둔 것이다. 등산복은 딸이 사주었기 때문에, 여름 잠바는 처음으로 해외에 나가면서 산 옷이라서, 거위 털 잠바는 큰아들이 사 준 것이어서, 양복은 작은아들이 사 준 것이기 때문에…. 옷마다 사연이 있다. 그래서 쉽게 정리하지도 못한다. 비좁은 옷과 옷 사이로 언뜻언뜻 보이는 죽음의 그림자 또한 정리하고 싶은 마음을 잦아들게 한다.

구두를 사 달라 할까? 신발장 문을 연다. 각기 다른 사연을 가진 신발들이 제일 아래에서부터 제일 위 칸인 다섯 번째 칸까지 꽉 들어차 있다.

꿀벌이 꿀을 모으듯 책을 사 모았다. 계절이 바뀌고 유행이 지날 때마다 옷을 샀다. 신발은 운동화, 워킹화, 등산화, 장화, 구두 등 용도에 따라 사들인 것들이다. 이들 중 대부분은 '필요해서'가 아니라 '필요할 것 같아서' 사놓은 것들이다. '필요할 것 같아서'라는 말은 탐욕을 미화한 포장지다. 탐욕에 짓눌려 살고 있다는 것을 깨닫지 못한 사람들의 어리석은 변명이다. 책장과 옷장 신발장을 둘러보면서 내 마음속의 탐욕을 보는 것 같아 가슴이 답답하다.

가을걷이가 끝난 텅 빈 '무딤이'1) 들판에서 피어오르는 아침 안개는 얼마나 아름다운가. 골짜기의 흐르는 물마저 얼려버린 한겨울, 화개동천(花開洞天)2)의 깊은 골짜기에서 들려오는 물소리는 얼마나 청량한가. 칠월의 어느 아침, 비 그친 형제봉3)을 등지고 서서 백운산의 신록을 바라보는 내 가슴에 먼지

---

1) 경남 하동군 악양면에 있는 들판의 이름이다. 고소성 아래에 있는 한산사라는 절에서 내려다보면 추수가 끝난 무딤이 들판에서 피어오르는 아침 안개가 선경에 든 기분을 느끼게 한다.
2) 하동군 화개면 지리산 자락 화개천이 흐르는 골짜기. 첩첩이 둘러싸인 산으로 하여 붙여진 이름.
3) 지리산 자락 하동군의 화개면과 악양면 청암면의 경계에 있고 섬진강을 사이

한 톨 있었던가. 마음에 이는 탐욕을 털어내고 자연에 동화되는 생명의 체험이 우화(羽化)인 것은 알고 있다.

선물은 포기하자…, 결심을 하고나니 마음이 한결 가벼워졌다. 아들에게 전화를 건다. "예, 아버지.""얘, 시간 되니?""예, 말씀하세요.""선물 말이야. 내가 생각해 보니 어지간한 것은 다 있다. 그리고 …."선물이 필요 없다는 말을 하려는데 중간에 아들이 말한다. "아버지, 그럼 현금으로 드릴까요?"그 말을 듣자마자 얼마나 기뻤던지 "응, 그래." 하고 말았다. 혹시 '현금'이라는 말을 취소할까 두려운 사람처럼. 생각해 보니 지금껏 이런 식으로 살아온 것 같다. 탐욕에 포위된 내 마음을 숨긴 채.

머리로 비우면서 가슴으로 채운다. 노자와 장자를 공부해도 해결되지 않는 이 탐욕을 어이할까. 혹여 내 몸이 불길에 활활 타오르더라도 탐욕만은 그대로 남아 이 세상을 몸으로 집어삼키는 것은 아닐지. 아! 탐욕이여. 너를 어이할까.

에 두고 광양의 백운산과 마주하고 있다. 지리산 상봉과 가까운 형제봉과는 다르다.

고치를 나온 나방

정년 이후를 계획하는 일은 몇 년 전부터 여유를 두고 시작했다. 명쾌한 해답을 찾지 못한 채 고민만 하고 있다. 여섯 달 후면 퇴직이다. '나는 무엇을 할 수 있을까? 그리고 어떤 사람이 되어야 할까?' 선택과 결정이 너무 성급하다는 말을 듣는 나이지만 쉽사리 결정할 수 없는 일이다.

오늘따라 가슴이 답답하다. 내가 가졌던 전직의 직급이 주는 압박감 때문은 아니다. 캄캄한 앞으로의 일이 가슴을 옥죄어 온다. 무동산 꼭대기에서 내려온 아침 햇살이 송림의 산책로를 비출 때까지 반복해서 걸었다. 가슴이 답답하기는 마찬가지다. 땀에 젖은 속옷이 끈끈하게 몸에 붙어온다.

차가운 물 한 그릇이 그리워 습관대로 냉장고 문을 열었다.

김치를 담은 유리그릇을 떨어뜨렸다. 멍하니 서서 사방으로 튀는 유리 파편과 지렁이 같은 긴 여운을 남기며 방사형으로 번져가는 검붉은 흔적들을 보면서 넋을 잃고 멍하니 서 있었다. "오래 썼더니 수명이 다 되었나. 다시 사면 되니까 걱정 말아요." 하는 아내의 중얼거리는 말소리에 정신이 번쩍 들었다. '수명이 다해 깨진 그릇은 다시 사면 된다.'는 아내의 말이 지금 까지 미망에 빠져있던 판단력을 되살아나게 했다. 불교에서 말하는 깨달음의 경지가 이런 것일까. 갑자기 세상이 환히 보이는 것 같고 내가 똑똑해진 것 같기도 했다. 깨달음이 주는 희열로 가슴이 두근거렸다. 정년은 나를 가두고 있는 이 조직을 떠나 새로운 삶을 사는 시작이 아닌가.

조직을 새롭게 하고 활성화하기 위해 세대교체가 필요하다는 사회적 의미로 정년을 이해할 때, 나는 분명 용도 폐기된 쓸모없는 인간이다. 직업에 헌신함으로써 느꼈던 뿌듯한 충만감도 공허하게 느껴진다. 사회적 박탈감으로 하여 아내나 이웃의 사소한 말에도 가슴을 후비는 서러움을 느낀다. 가난과 고독과 질병이라는 노인의 삼고가 천근의 무게로 나의 가슴을 짓누른다. 퇴직금으로 생계 걱정은 하지 않아도 된다는 위안의 말은 가슴에 와 닿지 않는다. 가슴 한 구석이 휑하니 비어 황소바람이 들랑거린다. 가슴 뿌듯했던 숱한 성취감도 자취를 감추었다. 기대해도 좋을 내일은 아련한데 내 발은 이미 퇴직의 문턱에 섰다는 절망감이 나를 감싼다.

새로운 세상으로의 진출이라는 개인적인 의미로 정년을 이해한다. 자기 몸보다 억센 뽕잎을 먹고 자라는 누에는 세 번의 잠을 잔다. 투명해진 몸으로 섶에 올라 고치를 짓고 번데기가 된다. 나도 초·중등·대학의 석 잠을 잤다. 누에처럼 투명한 몸은 이루지 못했지만 교직이라는 조직 속에서 번데기로 삼십육 년을 살았다. 여섯 달 뒤면 선택을 해야 한다. 번데기로 일생을 마감하고 싶지는 않다. 고치를 벗어난 나방의 일생을 살고 싶다. 자유롭게 우주를 비행하며 새로운 씨앗을 온 누리에 뿌리고 싶다.

밀물처럼 밀려오는 희망의 파도에 희열을 느낀다. 새로운 삶의 설계로 가슴이 설렌다. 불안한 앞날의 두려움으로부터 자유로울 수도 있을 것 같다. 마음 한 번 바꿔 먹으니 마음으로 지은 걱정은 금시 사라진다. 내가 좋아하면서도 힘에 부치지 않는 일을 찾아야겠다. 전직에서 얻은 경험적 지식과 그것이 쌓여 갖게 된 행동의 일관성을 크게 벗어나지 않는 삶을 살았으면 좋겠다. 산을 개간하여 나무를 심고 가꾸는 일이 이러한 조건에 맞는 것 같다. 나무를 심고 가꾸는 일이 정성으로 사람을 키우는 교육과 닮았다. 그 일은 쉽게 접근할 수 있을 것 같고 낯설지 않을 것 같다. 배우는 즐거움과 가끔씩 귀농한 동료를 만났을 때의 동지적 반가움이 있을 것도 같다. 적절한 긴장과 고민 속에서 일에 몰두하다 보면 작은 일 하나하나에도 감사할 줄 아는 지혜로운 삶을 살 수 있을 것이다. 봄볕에 틔워진 새싹 하나, 여름과 가을 햇볕에 영근 볼품없는 열매 하나에도 고마워하고 크게 만족하는 자연인이 될 것이다. 누가 나를 알아주지 않아도 상관하지 않을 큰 인격을 가질 수도 있을 것이다.

이제 새 출발을 위한 지력을 충전해야겠다. 새로운 지식으로 새 일을 시작하기 위해 군청에서 운영하는 농민대학에 수강 신청을 해야겠다. 적응해야 할 일 중의 하나이겠지만 전직이 걸림돌이 될 것도 같다. 나는 이제 현실에 발 딛고 서서 앞날을 예측하고 더 큰 세상을 비행하는 나방이 되고 싶다. 누가 나에게 직업을 말한다면 "나는 농부요." 할 것이다.

건강을 위한 계획도 세워야겠다. 지금까지 동행해온 만성질환들은 맑은 공기와 깨끗한 물로 다스리면 될 것 같다. 산을 헤매며 심은 나무들의 성장을 돌보다 보면 나도 건강한 농부가 될 수 있을 것이다. 많은 사람들 속에서 외로워하며 탁한 공기를 마시는 일은 이제 싫다. 깨끗한 물과 공기와 푸른 나무들 속에서 혼자만이라도 정화되고 싶다. 맑은 물에 뜬 달을 내려다보며 시원한 바람으로 땀을 씻고 싶다.

　허공을 나는 나방 한 마리, 천지에 씨를 뿌릴 꿈으로 아름다
운 그 임을 기다리고 있는가.

하현의 낮달

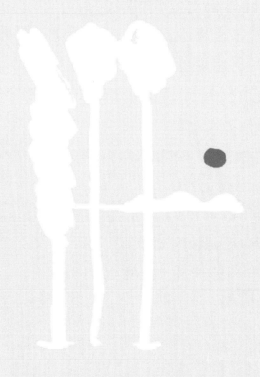

검은 그림자 빠져나간 투명한 가슴으로 세상을 본다.

회색의 짙은 그림자 너머로

새와 곤충과 온갖 짐승들이 마음껏 뛰노는 푸른 숲이 평화롭다.

숲을 향한 어스름한 오솔길이 눈길을 끈다.

사람들이 좋아하는 평탄한 길은 아니다.

밖으로 삐져나온 돌부리, 나무뿌리로 울퉁불퉁한 길이다.

덜고 비우는 한가한 길, 영혼의 자유를 찾아가는 마음 편한 길,

어느새 나는 한 마리 나비가 된다.

– 본문 중에서

하동문학공원

차꽃문학회 일행은 하동문학공원으로 문학기행을 떠났다. 문학공원은 해발 100미터도 되지 않는 갈마산(渴馬山)을 공원으로 다듬어 놓은 곳이다. 하동을 그린 시와 하동출신 문인들의 시를 돌에 새겨 놓기도 했다.

갈마산 남쪽 산마루, 충혼탑 주차장에 차를 세웠다. 남쪽을 바라본다. 목이 마른 말은 강과 바다가 맞붙은 남쪽을 향하여 머리를 들이밀고 있다. 섬진강 물이 바다로 들어가기 직전 왼쪽으로 굽어지어 흐르는 곳이 상저구이고 그 아래가 하저구이다. 장날이면 사람들로 누비던 전성기의 포구를 생각해 본다. 소금이나 생선을 실은 돛단배가 포구로 들어왔다 나간다. 사람들이 강을 건너 경상도와 전라도를 오고가던 굽도리배도 가끔씩 드나든다. 삼천포와 통영, 부산으로 가는 손님을 실은 철선이 기적을 울리고 떠난다. 쌀과 나무를 실어 나르는 화물선이 짐을 싣는다. 등짐장사, 짐을 실어 나르는 우마차, 지게꾼이 줄을 잇는다. 양동이 머리에 인 갱조개 장사, 갓 쓰고 하얀 두루마기 입은 행인들이 가끔씩 지나간다.

너뱅이 들에 흐르는 안개를 따라 시선을 옮긴다. 금오산이 아슴푸레하다. 작은 산들에 가리어 잘 보이지는 않지만 그 아래 노량 앞바다가 있다. 정유재란을 승리로 이끈 이순신 제독의 마지막 해전이 있었던 곳이다. 한국전쟁에서 산화한 수많은 영령들을 모신 충혼탑이 한국전쟁 격전지 소재를 굽어보고 노량 앞바다 쪽으로 바라보고 서 있는 것은 우연이 아닌 것 같다.

갈마산이 한 마리 말이라면 나는 지금 갈기 무성한 목덜미쯤에 서 있다. 최치원의 〈입산시〉를 곱씹으며 산등성이를 따라 진한 황토색 포장도로를 걸어 내려간다. 말 잔등 같은 좁은 산마루를 사이에 두고 동·서 쪽으로 급경사를 이루었다. 포장된 길은 산마루를 따라 아래로 급하게 내려간다. 활처럼 둥글게 굽어 내리다가 동쪽으로는 향교 쪽, 서쪽으로는 섬진강 쪽으로 내려가는 길이 만나서 사거리를 이룬다. 사거리를 변곡점으로 하여 다시 북쪽으로 올라간다. 갈마산 정상에 있는 섬호정에서 정점을 이루고 다시 북쪽으로 내려간다. 30m쯤 내려가면 시의 언덕이라는 청석에 쓴 글이 있고 그 곁에는 하동출신 정종수 작가의 "목숨이 끝나는 날까지 이유 없이 소설을 쓰고 싶다"는 문장비가 세워져 있다. 다시 섬호정 쪽으로 돌아오면서 조그마한 아크릴 판에 새겨진 많은 시들을 만난다. 시의 동산이라는 이름을 붙일 만하다.

갈마산 정상 섬호정에 올랐다. 고개를 들어 북쪽에 있는 지리산을 찾아본다. 구재봉만 보인다. 산에 가리고 나무에 가리고 운무에 가리어 볼 수가 없다. 북·서쪽을 보니 왕시루봉 아래로 섬진강이 흐르고 있다. 고개를 들어 서남쪽을 본다. 백운산을 지나서 남쪽으로 고개를 돌린다. 불암산과 무동산이 병풍처럼 서 있고 그 아래로 섬진강이 굼실굼실 흐른다. 굽이져 흐르며 유속이 빠르지 않은 것을 보니 남해 바다가 멀지 않은 것 같다.

자리에 앉아 핸드폰으로 찍어온 시비(詩碑)를 하나하나 넘겨본다. 지리산과 섬진강과 남해 바다를 포옹하고 있는 고장답게 선인들의 시도 다양하다.

정규화 시인은 ≪지리산 수첩 8≫에서 "지리산만이 고향으로 남아 반갑게 맞아준다. 너무나 귀해서 보기에도 아까운 산"이라고 썼다. 그 심정을 이해할 것 같다. 고향은 이미 고향이 아닌데 산이 있어 고향이라 부를 수 있다. 그나마 다행한 일이다.

≪파한집≫의 저자 이인노의 〈섬진강 낙조〉에서는 섬진강가에 있었던 옛 주막의 운치를 되살릴 수 있다. 좁은 샛강에 나무다리 놓여 있다. 그 건너에는 마당가에 늘어진 수양버들 가지로 반쯤 가려진 초가지붕의 주막이 있다. 주막에 앉아 술잔 들고 섬진강을 내려다보니 붉은 낙조 그대로 내려앉아 강이 불타고 있다. 그 사이로 푸른 하늘이 구름처럼 두어 점 흐른다. 하늘과 구름과 빛과 강이 한데 어우러져 그린 채색화다. 수양버들에 반쯤 가리어진 초가 주막이 지는 햇빛 비스듬히 받아 불타는 강으로 내려앉는다. 술잔 든 나그네는 조용히 이는 물결 따라 그림자처럼 일렁인다. 선경이 따로 없다.

일두 정여창은 두류산(지리산의 별칭) 등산을 마치고 벽소령을 넘어 화개로 내려 왔다. 화개 포구에서 배를 타고 하동으로 내려간다. 외로운 나그네의 심정으로, 지치고 배고픈 등산객의 심정으로 뒤돌아본다. 보리 익는 화개골이 가을처럼 풍요롭게 보였다. 철인은 눈으로 허기를 채우나 보다. 화개천 양쪽 들판이 지금은 푸른 녹차 밭이다. 지치고 허기진 나그네 있어도 서산대사의 녹차 한 잔으로 배를 채울 수밖에 없다. 지금은 그렇다. 보리 익는 5월이 그리울 것 같다.

〈하동포구팔십리〉로 유명한 남대우 작가의 하동 찬양은 당시의 하동을 한눈에 그릴 수 있게 한다. 팔십 리에 걸쳐 펼쳐진 하동포구에 물새들은 짝을 찾아 울고 강에는 굽돌이 배가 짐을 나른다. 선비들은 섬호정에서 시를 쓰고 아이들은 흙먼지 하나 묻지 않는 하얀 백사장에서 글씨를 쓰거나 그림을 그리며 놀고 있다. 잔잔한 섬진강의 물결처럼, 쌍계사의 맑은 종소리처럼 인정도 고왔다. 이 얼마나 평화롭고 행복한 분위기인가. 원래 아동문학가인 그의 〈보슬비〉라는 동시를 읽으니 보슬비 맞으며 살구나무 앞에 선 느낌이다.

하동이 고향인 정공채 시인은 특히 하동을 좋아했다. 그런 그의 하동에 대한 그리움을 잘 표현한 것이 〈찬불이하동가〉이다. 그는 이 시에서 지리산과 남해바다와 섬진강을 품고 있는 삼포(三抱) 하동에 대한 그리움을 애절하게 쏟아내고 있다. 고향 하동을 '삼포'라는 보자기에 싸서 마음속에 지니고 다닌 것 같기도 하다. 고향이 그리울 땐 막걸리 한 사발 앞에 놓고 삼포를 안주삼아 풀어 헤쳤을 것이다. 펼쳐놓은 그 산수와 풍광과 인정에 취하다 보니 술은 한잔도 못했을지도 모른다. 시를 쓰는 사람들은 축복받은 사람인 것 같기도 하다.

최치원이 삼신산(지리산의 별칭)으로 들어가면서 시를 지어 각오를 다지고, 서산대사는 지리산 첩첩산중에서 구름을 벗하다 사람을 만나면 반가워 차를 권한다는 탈속한 삶을 한 수의 시로 표현하고 있다. 우리 회원들이 이 시를 보았을 때 그 감흥이 어떠했을까. 대부분이 귀촌한 분들이 아닌가. 아마 이들도 같은 심정이었을 것이다.

옛사람들은 바람처럼 흘러가고 초가지붕은 흔적도 없으니 고향의 옛 모습을 찾기란 힘이 든다. 그래도 실망은 말자. 산은 있어 그때를 말해주듯 푸르지 않는가. 옛 모습이 그립고 옛정이 그리울 때면 갈마산 하동문학공원으로 가자. 한결같이 푸른 지리산과 백운산, 금오산과 남해바다를 보자. 행여 잊혀질까 하여 비석에 새긴 옛 하동을 읽으며 어린 시절로 돌아가자. 중건을 거듭하면서도 산 정상에 우뚝 선 섬호정에 올라 선인들이 남긴 옛 정을 읽자. 누가 아는가. 물안개 피어올라 섬진강을 덮으면, 섬진교 건너편 동산 섬처럼 떠 있는 절경을 볼 수 있을지. 안개 속을 비집고 살포시 걸어 나오는 옛 정인을 만날 수 있을지.

그 해 여름을 찾고 싶다

푸른 하늘 무논에 살짝 내려앉아 나락 포기 사이로 흰 구름 둥둥 띠운다. 어미 제비는 구름 사이를 돌아다니며 잠자리 사냥을 한다. 잠자리를 입에 문 어미제비 집으로 돌아와 제비집 가장자리에 내려앉는다. 고만고만한 새끼들 아귀처럼 입 쩍 벌리고 자기 차례라고 아우성친다. 어미제비 고개를 까딱 까딱하며 어느 새끼에게 먹일까 고민한다. 그중 한 마리의 입에 잠자리 쑤셔 넣는다.

올망졸망한 아이들 이런 광경을 올려다보고 있다. 그중 한 아이가 흥부와 놀부의 박씨 이야기를 하고 있다. 퍼덕거리는 장난감이 갖고 싶어도 꾹 참는다. 저 제비가 내년 삼월 삼짇날 흥부의 박씨 물고 올지도 모르기 때문이다. 할아버지와 아버지와 손자가 한 집에서 북적이고, 개구쟁이아이들은 골목골목을 몰려다녔다. 그 해 여름엔 그랬었다.

입가에 노란 줄 가시자 새끼들은 어미를 따라 어디론가 날아갔다. 소문에는 바닷가 개펄 갈대밭에서 먼 여행을 위해 합숙훈련을 한다고 했다. 구월 구일 날 제비들은 강남으로 날아갔다. 올망졸망한 아이들 다 자라 도시로 떠났다. 삼월 삼짇날은 해마다 와도 제비들은 돌아오지 않았다. 튼튼하던 제비집은 처마 밑 바람벽에 희미한 흔적으로만 남아있다. 먹이를 찾아 떠난 아이들도 돌아오지 않고 폐가만 늘어갔다.

자식들 입에 밥숟가락 넣어주기 위해 밤낮으로 애쓰던 어르신들, 강남으로 출발하기 전 제비처럼 회관에 모여 있다. 서로의 얼굴에서 자기를 찾으며 가난과 병마와 외로움을 달랜다. 훨훨 날아올라 강남을 가고 싶지만 구월 구일은 오지 않는다. 빠진 머리칼 다시 나고 구부러진 허리 곧게 펴면 그 날이 올까. 머리를 문지르고 허리를 펴며 요가 선생님의 구령에 맞추어 기지개를 켠다.

도시로 간 아이들 아직 잠자리를 잡지 못해 푸른 하늘 구름 속을 헤매고 있는 것일까. 돌아가지 못한 삼월 삼짇날이 쌓이고 쌓여 치매에 걸리게 했을까. 내년 삼월 삼짇날을 기약하며 복권가게 앞 전봇대에 줄을 섰을까.

그중 한 아이 칠순이 넘어서야 고향에 들러 회관 앞 검은그
루 살어름 위에서 그 해 여름을 찾고 있다. 그가 바로 나다.

하현의 낮달

내 어머니는 미수를 앞두고 있다. 어머니로부터 아파트 관리비와 전기요금 고지서를 받아들고 아파트 뒤에 있는 은행으로 갔다. 월말이 가까워서인지 은행 안은 사람들로 북적였다. 번호표를 뽑아서 한참을 기다리다 차례가 되어 고지서와 돈을 창구 직원에게 내밀었다. 창구 직원은 나를 힐끗 쳐다보더니 손가락으로 벽 쪽에 서 있는 기계를 가리켰다.

괴물처럼 내 앞에 버티고 서 있는 낯선 기계 앞에서 어찌해야 할지를 몰라 멍하니 서 있었다. 사용법을 적은 작은 글씨는 잘 보이지 않았다. 고객용 돋보기는 홀 한가운데 있는 탁자 위에서 줄에 묶인 채 나를 보고 웃고 있다. 그때 "아버님, 제가 도와드리겠습니다." 라고 말하면서 '자원봉사' 패찰을 단 청년이 다가왔다. 내 서툰 동작이 낮달처럼 선명하지 못했을까. 청년의 지시대로 공과금을 지불했다. 어머니의 지시대로 움직이는 세 살 배기 어린아이처럼 행동했다. 분초를 다투어 다가오는 새로운 문명 앞에 놀라고 당황하는 것은 흔히 있는 일이다. 그러나 전직 교육자의 해학적인 이 모습이 나를 아는 사람들에게 얼마나 낯설게 느껴졌을까. 특히 나의 어머니에게는 어떤 모습으로 다가갔을까. 참으로 부끄러웠다.

은행 문을 나서다 서쪽 하늘을 쳐다보았다. 절반 이상이나 두리뭉실하게 이지러진 낮달이 웃는 얼굴로 조용히 떠 있다. 구름과 바람에 씻기고 세월에 바래져서 일까. 식혜에 둥둥 떠 있는 밥알 같다. 옥색 하늘을 어렴풋이 드러내며 한 줌의 구름에도 하늘거리던 서쪽 하늘의 낮달은 한 마리 나비가 되어 내 가슴에 세찬 폭풍우로 다가온다.

한때 나는 내 자신이 듣기 싫은 소리로 즐겁게 노래하는 우물 안의 개구리인 줄 알았었다. 내 안의 더 큰 세상은 보지 못하고, 우물 밖의 더 큰 세상을 찾으려고 헛심만 쓰던 그런 때였다. 그러나 개구리처럼 나의 목소리로 나의 노래를 부를 수도 없었다. 편리한 일상의 대가로, 나의 빛이 아닌 사회조직과 제도의 빛으로 허공중의 달처럼 살아야 했다.

과거를 가슴에 묻은 나는 하현의 낮달처럼 추억에 산다. 쪽배 같은 초승달에 걸터앉아 해맑은 웃음을 웃는 상상을 하던 어린 시절을 생각한다. 허공중에 예리하게 내민, 날 선 칼날 같은 양끝은 꿈과 희망을 향한 맑고 순수한 내 마음이었다. 지구의 모습이 비치어 나머지 부분을 만월처럼 채운 모습은, 훗날 나의 꿈과 희망이 반드시 이루어질 것이라는 기대수준이었다.

상현은 나의 청소년기를 생각나게 한다. 온 세상을 한 가지 색깔로 물들이려는 치기어린 시절이었다. 얼굴에 묻은 검은 때를 조금도 부끄러워하지 않는 제왕의 패기도 있었다. 성인의 자유가 부러워 조급한 마음으로 일탈을 일삼기도 했었다. 지우고 싶은 흔적들이 더 많은 혈기미정의 추억들이다.

세상을 굽어보는 사랑스럽고 후덕한 얼굴을 한 기억은 없다. 독재자의 칼날 같은 차가운 빛으로 온 누리를 휩쓸어 한 색으로 통일한 기억도 없다. 야누스의 얼굴로 성취감을 맛 본 만월의 기억이 없는데 나는 벌써 하현의 낮달이다.

가슴속에 있었던 삶의 발자취를 되새겨 본다. 계수나무 아래서 서왕모를 위하여 약절구를 찧던 옥토끼가 생각난다. 서왕모의 불사약을 훔쳐 먹고 도망쳐 와 두꺼비로 살고 있던 항아도 생각난다. 뱃속의 검은 야망이 그들을 키웠다. 그들의 검은 그림자가 가장 선명했던 때, 그때가 나의 만월이었던 것 같다.

야망과 함께 또 다른 만월을 찾아 떠난 그들의 빈자리는 부끄러운 흔적으로 선명하다. 회한의 감정이 쓰나미처럼 훑고 지나간다. 서호에 씻은 달을 사랑한 이태백의 심정이 이랬을까?

검은 그림자 빠져나간 투명한 가슴으로 세상을 본다. 회색의 짙은 그림자 너머로 새와 곤충과 온갖 짐승들이 마음껏 뛰노는 푸른 숲이 평화롭다. 숲을 향한 어스름한 오솔길이 눈길을 끈다. 사람들이 좋아하는 평탄한 길은 아니다. 밖으로 삐져나온 돌부리, 나무뿌리로 울퉁불퉁한 길이다. 덜고 비우는 한가한 길, 영혼의 자유를 찾아가는 마음 편한 길, 어느새 나는 한 마리 나비가 된다.

나는 그 길을 지나 누구의 허락도 눈치도 필요 없는 자연의 숲에서 살고 싶다. 봄이면 나무에 거름내고, 여름엔 풀벌레 소리 들으며 반딧불이 헤아리는 농부로 살고 싶다. 가을에 수확할 것 하나 없어도 불평하지 않고, 겨울이 아무리 추워도 하늘에 감사하는 바보로 살고 싶다. 내 가슴의 작은 불씨 하나, 이 큰 숲을 활활 불태우고 싶다.

수많은 별들을 등 뒤에 숨긴 발가벗은 낮달, 풀 먹여 다린 새 옷 입고 새물 냄새 풍기는 구나.

물에 빠진 사람은 지푸라기도 잡는다

어머니로부터 쪽지를 받아 들었다. 구름에 반쯤 가린 보름달 같은 어머니의 얼굴을 쳐다보면서 무엇이냐고 물었다. "집 팝니다."라고 쓴 종이 뒤쪽에 그걸 써서 전봇대에 거꾸로 붙이라는 것이었다. 집 살 사람들이 수캐가 암캐 찾듯 몰려온다고 하였다. 너무나 반가운 말이어서 종이를 펼쳐 보았다. 개○○라고 쓰여 있었다. 우습기도 하고 창피하기도 하였다. 자식에게 차마 입으로 말할 수 없어 글로 써서 주신 것이리라. 어머니 얼굴을 바라볼 수가 없어서 벌떡 일어나 후닥닥 밖으로 나갔다. 미친 사람처럼 실실거리며 거리를 걸었다. 지나가는 사람들이 흘끔흘끔 쳐다본다. 다음 날 어머니가 지시한 대로 쓴 종이를 들고 큰 길로 나와 전봇대마다 붙였다. 자정이 넘은 시각이라 전단지를 붙이기에는 안성맞춤이었다.

밀양에서 마산으로 이사할 계획을 세운 작년 십이월, 아내와 나는 마산으로 내신을 내었다. 집도 내 놓았다. 구월 일일 인사에 아내는 마산으로 옮겼다. 금년이 학교 만기인 나는 마산으로 전근될 수 있을 것이다. 문제는 집을 파는 일이었다. 일 년이 다 되도록 집을 보러오는 사람도 없었다. 미신이나 속설을 믿지 않는 나였지만 "물에 빠진 사람이 지푸라기라도 잡는다."는 속담대로 행동할 수박에 없었다. 한 달 후 원래 내어놓은 값보다 더 비싸게 집을 팔고 마산으로 이사를 하였다.

부동산 붐이 일어나는 시기와 맞물린 우연의 일치였을는지 모른다. 그러나 주술적 행동이 주는 심리적 치료 효과는 컸다. 시내 중심가에 있는 전봇대에 요상한 글귀를 쓴 전단지를 붙인 것을 생각하면 수업 중에도 웃음이 난다. 길을 가다가도 웃고, 밥을 먹으면서도 웃었다. 그러다 보니 집을 팔지 않으면 안 된다는 강박관념도 사라졌다. 긍정적으로 세상을 보게 되고 잠 못 이루는 밤도 줄었다. 집이 팔린 후에는 이 세상이 아름답고 살아볼만한 곳이란 생각도 들었다.

한때 나도 학생들 앞에서 구원의 동아줄인 척 한 적도 있었다. 생각해 보니 구원의 동아줄은 아니었던 것 같다. 행동과 말은 물에 빠진 사람의 손에 잡힌 지푸라기요 현대문명의 틈새를 비집고 들어선 주술이었을 것이다. 그 주술이 개○○보다 효과가 있었는지, 지푸라기가 동아줄이 되었는지는 의문이다. 텅 빈 과거를 되돌아보면 참으로 우습다. 지푸라기라고 생각했던 것이 동아줄이 되기도 하고, 튼튼한 동아줄인 줄 알았던 것이 썩은 새끼줄이 되는 세상이다. 한 치 앞을 내다 볼 수 없는 세상, 그래서 살아 볼만하기도 하다.

파마를 하기까지

정수리의 쌍가마와 뒷 꼭지의 제비초리로 놀림을 받곤 했던 나는 두발에 대한 관심이 남달랐다. 쌍가마가 있으면 장가 두 번 간다는 말이 싫었고, 앉은뱅이저울의 바늘처럼 뒤통수에서 척추를 향하여 삐쭉하게 내밀고 있는 제비초리가 있다는 것이 싫었다. 그래서 이발관을 자주 찾게 되었다. 세상의 번뇌를 밀어내듯 머리카락 한 올 한 올 정성스레 밀어내는 스님의 삭발과는 달리, 자라서 어떤 성상을 짓지 못하도록 하는 내 안의 싸움이었다. 이러한 노력은 고등학교를 졸업할 때까지 계속되어 햇빛에 번들거리는 머리가 나의 정체성으로 자리 잡아갔다.

음지가 있으면 양지가 있는 법, 약점도 잘 관리하면 장점으로 개성으로 발전하는 것 같다. 허기진 배를 제대로 채울 수 없었던 1950년대였다. 부모님의 정성어린 보살핌이 어려웠던 초등학생들이 이발을 할 때 이발사로부터 "소똥 벗기고 다니라." 는 핀잔을 받기가 일쑤였다. 소똥이란 아이들의 머리에 소의 똥처럼 둥글둥글하면서도 켜켜이 쌓여가는 모양의 때를 말한다. 나는 이런 얼굴 뜨거운 핀잔을 들은 기억은 없다. 고등학교시절 두발 단속을 피하여 학교울타리의 개구멍을 기웃거리거나, 선생님의 두발 단속에 걸려 머리 한가운데 고속도로를 내고 다니는 학생들 덕분에 나는 선생님으로부터 모범생으로 칭찬받게 되었다. '한 가지를 보면 열 가지를 안다.'는 속담을 믿고 있는 선생님의 잘못된 판단이었지만 이 칭찬 한 마디는 나를 변화시키는 계기가 되어 자신의 결점도 사랑할 줄 아는 사람이 되게 하였다.

자유는 즐길 수 있을 때에만 가치가 있다. 나에게 두발의 자유는 거추장스러운 장식에 불과했다. 대학시절 내내 나는 스포츠형 헤어스타일밖에 할 수 없었다. 머리를 길러 곱게 빗고 멋을 부리고 싶었지만 '자랄 겨를도 없이 밀어 버린데' 대한 반항이라도 하듯 머리칼은 한 올 한 올 일제히 일어서서 통제 불능 사태에 이르게 되자 찾아낸 최선의 방안이었다. 속 모르는 친구들은 나의 헤어스타일이 멋있다고 내가 가는 이발관을 찾아가 스포츠형으로 머리를 깎기도 하였다. 교사가 되어서도 한동안은 스포츠형으로 머리를 깎았는데 나는 결국 머리를 기를 수밖에 없었다. 키 작은 사람이 머리까지 짧으니 선생님으로 보이지 않았는지 학생들이 형님이라 부르고, 학교를 찾아온 학부형들도 '총각' 하고 부르니 교장선생님이 머리 기를 것을 권했기 때문이다.

어느 여자고등학교에 근무하던 때에 학생들이 나에게 붙여준 별명은 '고길동'이었다. '아기공룡 둘리'라는 만화에 나오는 그 고 길동이다. 앞머리의 머리칼이 초가지붕의 처마처럼 이마 위에 그늘을 드리운 모습이 고길동을 닮은 데서 온 별명이었는데 학생들 사이에서는 이름으로 착각할 만큼 유명하였던 모양이다. 하루는 교무실로 찾아온 학생이 고길동 선생님을 찾았다. 어느 선생님이 그런 선생님은 없다고 말하자 학생은 있다고 우기면서 사회과목을 담당하는 선생님이라 하였다. 동료들과 돌아 앉아있던 나는 비로소 나의 별명이 '고길동'임을 알았다. 그 시간 이후 천근만근 짓누르는 머리칼의 무게를 이기지 못한 나는 헤어 젤로 머리칼을 컨트롤하기 시작했다. 머리 감고 젤을 바른 후 출근하고, 퇴근 후에 다시 머리를 감는 그 힘든 일은 하루도 빠지지 않고 정년을 할 때까지 계속되었다.

정년을 하고나서 나는 농부가 되었다. 일을 마치고 간단하게 머리감고 빗으로 쓱 쓰윽 빗으면 되는 그런 헤어스타일을 선택한 것이 파마였다. 파마는 1982년 어느 남자고등학교에 근무할 때 아내의 권유로 처음 시도했으나 당시는 남자교사의 파마를 용인할 만한 정서가 아니어서 한 번의 해프닝으로 끝나고 말았다. 학생들의 두발과 교복의 자율화가 한창이던 때였지만 선생님들의 의식 속에 박제화되어버린 '남자교사의 헤어스타일'에 파마머리는 없었기 때문이다. 당시에 유행하던 장발이라고 볼 수 없을 만큼 길렀던, 누구나 꼭 같은 헤어스타일이 '공통된 생활양식'으로서의 역할을 충실하게 수행하고 있었다.

지금은 남자의 파마 머리도 개성으로 인정된다. 불밤송이처럼 뻣뻣하게 일어서서 괴롭혀왔던 나의 머리도 스포츠형일 때와 마찬가지로 파마가 잘 나왔다는 얘기를 듣곤 한다. 개성과 특성이 인격의 중요한 요소로 등장하면서 한 가지 기준으로만 세상의 모든 것을 판단하지 않는다. 결과가 '좋다 · 나쁘다'라는 말로 그 과정의 옳고 그름을 판단하지도 않는다. 다원화사회에 걸맞은 특성과 개성을 조화시켜 세상의 발전을 꾀하기도 한다.

모든 학생이 다 학업성적이 우수하고 행동이 바른 사람이 되도록 가르친 것이 잘못한 일일까? 장 · 단점을 개성으로 승화시켜 자기 정체성을 확립할 수 있도록 그들의 방황을 잠재워

주지 못했던 나의 과거가 뼈아픈 후회로 남는다.

올해도 서로 다른 잎들이 다른 꿈을 안고 한 가지에 피고 있다.

신의 팔색조

밤중에 비상전화를 받고 학생 숙소 앞으로 달려갔다. 딱딱한 얼굴을 한 학생들은 넉 줄로 서있다. 인솔교사와 직원들은 그 사이를 왔다 갔다 한다. 순찰차는 연신 경광등을 번쩍인다. 그 앞에 3명의 경찰이 한 줄로 서 있고 어깨를 축 늘어뜨리고 고개를 숙인 여덟 명의 학생들이 한 줄로 서 있다.

열한 시쯤에 5호와 6호, 7호실의 학생들이 낮에 모의한대로 이층 창문으로 빠져나갔다. 근처의 비닐하우스를 한 시간 동안 누비며 수박을 따 먹었다. 주인의 신고로 출동한 경찰에 의해 현행범으로 붙들렸다. 일단 해결방안을 찾을 시간이 필요했다. 고등학교 이학년, 자기의 행동에 책임질 나이이다. 그래도 전정이 구만리인데 범인들이 들락거리는 파출소 보호실을 체험하게 할 수는 없지 않은가. 통사정을 하였다. 학생들을 내일 아홉시까지 파출소로 데려가기로 합의했다.

새벽에 열린 직원회의는 갑론을박했을 뿐 아무런 대책도 세우지 못했다. 이런 경우 자식을 위해서는 어떤 일도 할 수 있는 학부형에게 맡기는 것이 상책이다. 대표가 될 만한 분에게 전화를 했다. 인생의 초입에 들어선 그들에게 푸른 죄수복을 입힐 수는 없는 것 아닌가. 경종을 울릴 수 있는 적당한 선에서 사건이 매듭지어지기를 바란다고 했다. 내일 오전 아홉 시에 학생들을 파출소로 데리고 가야 한다고 말하고 전화를 끊었다.

이튿날 인솔교사로부터 전화가 왔다. 경찰 앞에서 농부들은 피해 본 것이 없다고 했다. 학생들도 수박에는 손도 대지 않았다고 말했다. 조사를 하던 경찰관은 어제 저녁에 조사하지 못한 것을 책상을 치며 후회했다고 했다. 개선장군처럼 당당하게 원장실을 들어서는 학생들과 학부형들을 보면서 나 자신에 대해 깊은 환멸감을 느꼈다. 진실은 가리어지고 정의의 강물은 역류했다. 학생들에게는 도척의 도를 가르치고 말았다. 희미한 나의 발자국들은 한 줌도 되지 않는 그 바람에 어지럽게 지워졌다. 경남의 어느 학생교육원에서 원장 직무대리를 맡고 있을 때 있었던 일이다.

구속되기 전 검찰청 포토존에 선 똑똑하고 높은 분들을 텔레비전에서 본다. 그때 그 학생들의 얼굴이 겹쳐진다. 팔색조보다 더 많은 색깔을 지닌 내 얼굴도 보인다. 경찰 앞에 내민 인간적인 색깔, 학부형 앞에서 보인 교육자로서의 색깔, 의무소홀에 대한 책임을 지지 않으려고 한 교육행정가로서의 색깔, 각기 다른 색깔들이 내 안에 지천으로 널려있다.

나는 신의 팔색조다. 그림자가 길어지고 흔적이 늘어갈수록, 색깔은 화려해졌다. 보이고 싶지 않은 색깔을 숨기는 재주도 늘어갔다. 이런 나를 신은 사랑할는지 모른다. 그렇지만 나는 싫다. 태양에 바래져서라도 눈비에 씻겨서라도 소나무처럼 살고 싶다.

달성공원 앞 번개시장에서

　대구에서 하룻밤 묵으면서 달성공원 앞 새벽시장을 구경하기로 마음먹었다. 달성공원 근처에 숙소를 잡았다. 새벽 4시에 잠이 깨었다. 잠을 더 자기도 그렇고 하여 세수를 하고 창밖을 내다본다.

　별이 빛난다. 푸른빛이 감돌고 그믐달은 하늘가로 밀려 희미하다. 어둠은 빌딩숲을 뭉툭하게 감싸고 있다. 무덕무덕 다가오는 빌딩은 농도 짙은 수묵화다. 뭉툭한 어둠의 덩어리 위에서 이따금씩 붉은 불빛이 깜박인다. 한 송이 장미 같다. 밤의 정적이 하늘을 향해 살아 있음을 알리는 맥박 같기도 하다.

　다른 쪽을 본다. 무리를 지은 여러 동의 아파트가 검은 물감을 뚝뚝 흘리며 난공불락의 성채처럼 홀연히 서 있다. 그 어둠을 보는 순간 마음이 안정된다. 기분이 좋아진다. 평화롭다. 가슴이 텅 비어버리고 온 몸이 깃털처럼 가벼워지는 행복감을 느낀다. 다음 순간 커다란 어둠의 덩어리는 고래가 되어 나의 몸과 마음을 쭉~ 빨아들인다. 항거할 수 없는 마력이다. 나는 은연중에 그것을 즐기고 있다. 마치 기다리기라도 한 것처럼.

시야를 꽉 채운 빌딩 숲을 눈으로 훑어가며 하늘 닿은 끝자락을 감상한다. 끝없이 펼쳐진 빌딩의 들쭉날쭉한 높이의 위로 하늘은 희미하게 내려앉았다. 사람의 힘으로 높이 올린 모든 시설물들이 남긴 공간을 꽉 채운다.

하늘의 아랫자락을 본다. 깜빡이며 건물의 끝을 알리는 꽃 같은 비상등, 건물 높이 매달린 네온사인, 간혹 불 켜진 방들은 수채화처럼 아름답다.

검은 성채 아래쪽을 훑어본다. 어둠을 나사못처럼 헤집고 들어서는 자동차 헤드라이트와 줄지어 서 있는 가로등 불빛이 나그네의 마음을 어루만진다.

새벽 5시, 달성공원 쪽으로 난 4차선 도로가 희미하게 드러난다. 어둠이 채 가시지 않은 번개시장으로 향했다. 어스름한 어둠 속에서 내 쪽으로 예리한 빛을 발산하는 붉은 빛이 있다. 한 떨기 장미처럼 아름다운 꽃이다. 어둠을 관통하는 날카로운 송곳이다. 맹렬하게 다가오는 그 기세에 눈은 감기고 정신은 아득해진다.

　불빛 아래가 시장인 모양이다. 조금 더 걷다보니 움직이는 사람들이 보인다. 붉게 밝힌 백열등과 그 아래 하얀 빛의 형광등, 어렴풋이 움직이고 있는 사람들, 알아들을 수는 없지만 소란스러운 소리들, 대구의 아침을 여는 상쾌한 모습이다. 이 시간이면 나는 아직 잠자리에 있을 때가 많다. 살아가기 위해 이른 새벽부터 부지런히 움직이는 사람들을 보니 부끄러운 마음마저 든다.

　짠한 마음으로 길 양쪽에서 부지런히 움직이는 사람들을 바라본다. 달성공원 정문까지의 4차선 도로 양쪽에 노점이 들어서고 있다. 길이는 약 300미터 정도. 4차선 도로 양쪽 보도에 겨우 한 사람이 지나다닐 정도의 공간만 남기고 좌판을 놓기 시작한다. 나는 물건을 사러 온 것이 아니라 새벽시장의 산뜻한 공기와 사람냄새 나는 분위기, 생동감 넘치는 활력을 얻기 위해 찾아온 유람객이다. 느긋하고 자유롭게 공원 정문까지 걸어 본다. 다시 반대편 보도로 건너가 원래 출발지로 되돌아왔다. 상품이 어느 정도 진열된 뒤에 나는 다시 거리를 돌아본다.

　도로 양쪽에 줄지어 선 좌판마다 상품 앞에 가격표가 붙어있다. 1000원, 2000원, 3000원, 종이상자를 뜯어서 멀리서도 잘 볼 수 있도록 매직펜으로 굵직하게 썼다. 대부분 1000원짜리다. 등산복을 파는 곳을 제외하고는 3000원 이상의 팻말을 보기 힘들다. 가지지 못한 자에게 용기와 희망을 주는 곳이다.

매서운 겨울의 맛이 채 가시지 않은 4월의 아침이다. 파란 망사나 비닐포대 속의 대파와 배추, 고추 등의 채소들이 얼어 있다는 기분이 든다. 그 옆에는 묵나물이 먹음직한 모양으로 진열되고 있었다. 진열을 마친 할머니는 손이 곱은지 장갑 낀 손을 입으로 호호 불고 있다. 어지간한 채소전을 방불케 한다. 그 옆으로는 우리가 어느 장마당에서나 흔히 볼 수 있는 농산물과 잡화들이 놓여있다. 조금 더 걸어가자 어묵과 떡볶이가 김을 모락모락 피우고 있다. 막걸리 한 잔이 딱 어울리는 곳이다.

등산복을 파는 곳, 냉동 고등어와 냉동 게를 파는 곳, 골동품 같은 것을 파는 곳, 몇 천 원에 한 끼 식사를 할 수 있는 식당 등 마산의 어시장 앞 새벽시장이나 대거리 번개시장과 비슷하다. 그런데도 더 정겹다는 생각이 드는 것은 아마도 종이상자를 찢어서 써붙인 가격표 때문인 것 같다.

시간이 지날수록 모여드는 사람들의 숫자가 점점 늘어간다. 사람들의 얼굴에서는 생기가 돈다. 나도 덩달아 기분이 좋아진다. 가슴이 시원해지더니 아랫도리가 가벼워진다. 지나가는 사람 아무나 붙들고 말을 걸고 싶어진다. 인간적인 교감이 이루어지는 곳이다.

김이 모락모락 오르는 어묵국물을 마시며 생각에 젖는다. 시장에서 능력은 호주머니 속의 돈이다. 여기서는 1000원 짜리 한 장 내밀 수 있는 능력이면 당당할 수 있다. 내가 가진 자유와 교환한 윤택함은 개나 주어야 할 사치에 불과하다. 여기서 잠시나마 자유와 실존이 일치할 수 있다는 생각을 해 본다.

나는 무빙워크나 엘리베이터를 타고 위층 아래층으로 이동하면서 훈련 받은 대로 움직이는 인형 같은 점원들의 도움을 받기도 한다. 그들의 계산되고 형식적인 친절에 감사하는 척하며, 착시현상을 유도하는 진열들에게 속기도 한다. 꾸밈없이 맨 얼굴로 수수하게 놓여있는 시골 아낙네 같은 상품 앞에 섰다. 그 소박하고 진실한 모습에 충격을 받는다.

참 재미있는 시장이다. 원하는 자리에서, 팔고 싶은 물건을 팔면 되는 시장. 자리가 없으면 이어진 골목 다른 곳에 좌판을 펴면 된다. 시장은 그렇게 이루어진다. 상품의 가격은 1000원, 2000원 짜리가 중심이니까 더 이상 깎을 것도 없다. 호주머니 사정에 따라 대접이 다른 일도 일어나지 않는다.

자기의 의지와 선택으로 살 수 있는 물건이 많은 곳이다. 이곳에서만은 자기가 자기의 주인이 될 수 있을 것 같다. 그러니 모두의 얼굴에 생기가 돌 수밖에. 아는 사람 하나 없어도 자기가 자기의 주인이라는 생각을 가진 이상 외롭지 않다. 모두가 이웃 같다.

1000원 짜리 가격표 앞에서 마음에 이는 물욕 하나 다스리지 못한 내가 한없이 부끄러워진다. 많이 가진 사람들 앞에 내어놓기는 부끄럽지만 내가 가진 것이 너무 많다는 생각도 든다. "그래, 내가 손해 본다는 생각으로 한 번 살아보자. 자유가 곧 실존인 생활을…." 잠들기 힘든 길고 긴 밤의 터널을 지나온 기분이다. 시장의 초입에서 백열등의 붉은 빛이 예리한 송곳이 되어 눈과 가슴을 찌르던 그 의미를 알 것 같기도 하다. 가슴이 후련해진다. 조용히 일어나 어둠이 가신 동쪽 하늘을 쳐다본다. 태양이 붉다. 세상의 어둠을 파고드는 백열전등 같다.

비계

중학교 때 단짝친구였던 남 아무개로부터 전화가 왔다. 우리의 인연은 이상하게 꼬여 졸업 이후 한 번의 연락도 없었던 터라 놀랍고 반가웠다. 그는 안부의 말 한마디 없이 하동포구 노래비를 보았느냐고 물었다. 그것이 자기 아버지의 글이니 가보라는 말로 끝을 맺었다. 삼 년간의 우정으로는 오십 년의 세월을 이을 수 없었나 보다. 텅 빈 가슴속에 친구라는 글자가 의문표를 단 채 여운으로 남는다.

늘 무심하게 지나치던 하동포구 노래비 앞에 차를 세웠다. 강정모퉁이의 강바람은 여전히 세차다. 바람에 흔들리는 머리카락을 쓸어올리며 발아래 흐르는 강을 내려다본다. 희뿌연 안개로 뒤덮인 만조의 하구, 바닷물은 힘차게 치닫고 강물은 쏜살같이 달려온다. 씨름꾼처럼 부딪치고 뒤엉키더니 홀로 서 있는 내 가슴을 지나 굼실굼실 바다로 흘러간다. 자연이 쓰는 정·반·합의 논리는 역사의 현실보다 더욱 선명하다. 정답 없는 논쟁을 즐기던 학창시절의 일들이 생각나기도 한다.

노래비는 섬진강 대로를 따라 높게 쌓은 하구의 뚝 위에 세워져 있다. 작곡자의 이름은 없고 남대우라는 작사가의 이름만 새겨져 있다. 오른쪽으로 눈을 돌리니 이병주 문학비가 서 있다. "태양에 바래지면 역사가 되고 월광에 물들면 신화가 된다."는 소설 ≪산하≫ 속의 글귀가 새겨져 있다. 두 분은 같은 시대를 살았다. 왼쪽 돌에는 오십 년대의 광풍을 이기지 못한 이의 애절한 감성이 쓰여 있다. 오른쪽 돌에는 세찬 바람을 견뎌낸 이의 날카로운 이성이 새겨져 있다. 태양에 바래지건 월광에 물들었건, 사시사철 나란히 서 있는 두 비석은 친한 친구처럼 보인다.

무지개를 보며 용이 승천한다고 믿었던 때가 있었다. 어미 팔아 친구 산다는 시절이었다. 우르르 몰려다니며, 더우면 알몸으로 강물에 뛰어들었다. 강물이 얼면 대나무 활을 메고 스케이트로 얼음을 지쳤다. 곁에 있는 모든 아이들이 친구였다. 손짓 한 번, 웃음 한 번으로 마음이 통했다. 말 한 마디로 용기도 주고 위로도 하였다. 백사장 여기저기 흩어져 있는 너테

사이로 주둥이를 들이밀고 쪼아대는 청둥오리들처럼 마냥 즐겁고 행복했다.

남 아무개와의 인연은 중학교에 입학하면서부터 시작되었다. 키가 비슷한 우리는 졸업할 때까지 옆자리에 앉아서 함께 꿈을 꾸며 희망을 이야기하곤 했다. 가장 친한 친구를 물어오면 나는 그를, 그는 나를 지목했었다. 지식의 계단을 하나 둘 쌓아 가는데 우리는 서로를 필요로 했다. 늦은 가을 새로운 보금자리를 향해 하늘을 나는 기러기 같았다. 중학교를 졸업하면서 그는 상급학교 진학을 했고, 나는 가장이 되어 농사를 짓게 되었다. 세월은 흘렀고 친구라고 불렀던 수많은 사람들과 함께 그도 나도 추억의 바다 속으로 떠밀려갔다. 인연이 끊어진 지난 오십 년, 마음에서 멀어진 것은 눈에서 멀어진 때문일까. 서로가 필요하지 않아서 찾지 않은 것은 아닐까.

따뜻한 기운이 다가오자 안개는 매화마을을 지나 백운산 쪽으로 담배 연기처럼 몰려가고 있다. 떠오르는 태양의 기운을 피하여 차갑고 습한 골짜기로 흘러들어 간다. 햇빛 든 등성이는 화안 하고, 안개 낀 골짜기는 신비롭다. 아침 안개의 흐름을 감상하며 나의 직장 생활을 되돌아본다. 교육활동은 어디에서나 꼭 같았다. 그런데도 전근에 영전 또는 좌천이라는 말을 붙여가며 이 학교에서 저 학교로 아침 안개처럼 몰려다녔다. 한 학교 안에서도 능력과 친소에 따라 이리저리 몰려다녔다. 촘촘히 짜인 조직 속에서 우리는 서로를 동료라 불렀다. 흐린 물을 만나면 신발을 같이 씻었다. 맑은 물을 대하면 하얀 셔츠를 빨아 사람들 앞에 높이 걸기도 하였다. 그것이 동료에 대한 의리이며 사랑이라 생각했다. 아침안개 같았지만 그것을 보호막이라 생각했다. 지혜로운 삶이라고 양심을 다독거리기도 하였다.

영전을 좇은 것은 거대한 조직의 뒤에 서서 자신을 돋보이게 하려한 얄팍한 계산일 수도 있다. 흐린 물을 맑게 하려는 용기는 왜 외면했을까. 뱃속 깊숙이 자리한 물욕의 요청을 거부할 용기가 없어서인지도 모르겠다. 화합과 동료애라는 말로 양심을 덮고 현실에 아부한 나는 비겁한 자였다. 의당 해야 할 일을 해 놓고 개선장군처럼 의기양양해 했던 것은 부끄러운 일이었다. 삐어져 나오는 송곳을 싸고 또 싸던 어리석음이여, 하늘을 가린 손가락 사이로 비치는 햇빛에 눈을 뜰 수가 없구나.

새로 짓는 건물 외벽에 얼기설기 걸쳐놓은 비계를 본다. 건물이 완성되면 저 계단은 치워질 것이다. 해체된 자재는 눈비 맞으며 한쪽 구석에 잊혀진 채로 있겠지. 또다시 비계가 필요하게 되면 쓸 만한 것만 골라서 다시 만들 것이다. 필요한 것을 발견하지 못했을 때에는 새 자재로 새로운 사다리를 만들지 않겠는가. 친구나 동료 간의 만남과 헤어짐도 저와 같다는 생각이 든다. 우정과 의리를 논하던 그때의 일들이 부질없어진다. 만남과 헤어짐을, 숨 쉬고 맥박 뛰는 내 몸의 한 부분처럼 받아들여야겠다. 순간에 충실하고, 정성이 깃든 마음 한 자락 만나는 이마다 내어드렸으면 좋았을 것을. 비바람 맞고 찬서리 뒤집어쓴 노적장에서, 정성을 다했던 몇 가지 일을 생각하며 싸늘한 가슴에 온기를 느낀다.

태양의 더운 기운이 강물 위로 살포시 내려앉는다. 물안개는 서서히 걷히고 강 언덕의 속살은 태양 아래 드러난다. 갈매기 한 마리가 자기의 영역인 듯 강가를 낮게 날고 있다. 낮의 주인이 나타난 것이다. 강 건너 언덕 위의 대나무는 나의 마음을 헤아리고, 과거의 흔적이 묻은 이별의 노래를 부른다. 떠나야 할 시간이다.

처량한 마음으로 지리산 끝자락에 있는 집으로 돌아온다. 진돗개 세 마리가 나의 차 소리를 알아듣고 부리나케 달려온다. 개 짖는 소리에 놀란 아내가 문을 반쯤 열고 내다보며 웃음을 짓는다. 나의 친구들이다. 개는 나를 필요로 하고 나는 그들을 필요로 한다. 한 쌍의 원앙이기를 바라는 아내와 나의 관계와는 사뭇 다르다.

동쪽 산이 높은 나의 집에도 햇볕이 든다. 목이 긴 티셔츠를 벗고, 나이를 알 수 있는 굵은 주름을 드러내자. 강렬한 햇볕을 들이마시고 싶다. 마음속에 남아있는 거짓과 위선의 그림자까지 바싹 말리고 싶다. 바스락거리는 잔영일랑 강바람에 날려 보내자. 시들어 가는 양심을 추스르고 인간성에 목말라 하는 자신을 선명하게 드러내어야겠다. 양지의 나무처럼 우뚝 서서 사람 냄새 물씬 풍기는 그늘을 드리우자. 누가 아는가, 끊임없는 만남과 헤어짐이 이 그늘아래서 이루어질지. 그것이 남은 생에 아름다운 무늬를 더해 줄지.

아침 안개는 서서히 걷히고, 문득 떠오르는 내일의 이야기는 아련하게 다가온다.

문맹

우리 사회의 요즘 화두는 소통이다. 이는 막힌 곳이 많다는 것을 의미한다. 소통의 수단은 여러 가지가 있다. 그 중에서 가장 중시한 것은 문자였다. 문자는 원래 소통을 위해 탄생되었다. 그래서 식민지 시절에는 조국광복을 위한 수단으로 문맹퇴치를 시작했다. 한국전쟁이 끝난 후에는 폐허에 드리운 주림과 질병을 걷어낼 근대화의 수단으로 문맹퇴치에 열을 올렸다. 식민지 시절, 십이 세 이상 인구 중 열에 여덟이나 아홉은 한글로 자기 이름도 못 쓰는 까막눈이었다. 한글만 깨우쳐도 의사소통이 원활해져 목표를 달성할 수 있을 것으로 생각했다. 그러나 소통장애의 원인은 글을 모르는데 있는 것만은 아니었다.

전쟁이 끝난 후 장날이면 장터로 들어가는 길목에 칠판이 내걸렸다. 경찰까지 동원되어 장꾼들을 상대로 국문해득정도를 테스트하기 위해서였다. 지나가는 사람들을 무작위로 불렀다. 자기가 쓰는 글을 읽지 못하거나, 부르는 글자를 쓰지 못하면 창피를 주었다. 강한 자극을 주어 국문해득의 동기로 삼으려는 의도였다.

아래 마을에 사는 누나뻘 되는 아가씨는 고등학교를 졸업한 총각과 결혼을 약속했다. 결혼 날을 받아놓고 총각과 함께 예물을 보러 읍내 시장으로 갔다. 시장 입구에서 문맹자를 확인하는 줄에 서게 되었다. 아가씨의 차례가 되었다. 마침 망태를 메고 지나가는 할아버지를 발견한 경찰은 참으로 창의적인 생각을 했다. "아가씨, 저 망태를 써보세요!" 그러자 그 아가씨는 할아버지로부터 망태를 빼앗다시피 받아서 머리에 썼다. 그 모습을 보고 약혼자는 기겁을 했다.

가난 극복의 일환으로 독일에 간호사와 광부를 보낼 때의 일이다. 김이라는 선생님은 사범대학을 졸업한 후 취업이 되지 않아 독일에 광부로 갔었다. 어느 무더운 여름날 슈퍼마켓에서 개 그림이 그려져 있는 통조림을 발견했다. 독일어를 모르는 그 선생님은 그림만 보고 보신탕인 줄 알고 사다가 끓여 먹었다. 한국에서 먹던 보신탕 맛과 달랐다. 독일 개 맛은 이런가 하고 맛있게 먹었다고 한다. 같이 먹은 동료들도 "김 선생님 덕분에 독일에서 보신탕 먹었다."며 모두들 즐거워하였다. 며칠 뒤, 독일어를 아는 친구가 왔기에 보신탕 사다 먹었던 영웅담을 늘어놓았다. 통조림 깡통을 한참 들여다보던 친구가 "야, 이건 개 사료야."라고 말했다. 그런 일이 있고 난 뒤 대학 출신이라는 학력으로 그곳에서 얻었던 동료들의 신뢰는 송두리째 날아가 버리고 말았다고 한다.

"독축" 집례(執禮)의 우렁찬 소리에 이어 "유세차 기축 시월…" 독축(讀祝)의 낭랑한 목소리가 들렸다. 나는 제청(祭廳) 옆에 붙어 있는 찬방에서 제수(祭需) 준비 상태를 살피고 있었다. 제수 준비에 여념이 없는 아주머니에게 "저 소리가 무슨 소리인지 아십니까?" 하고 물었다. 아주머니는 "야가, 사람을 어찌 보고? ……축 읽는 소리 아니가? 내가 눈구멍이 어두워서 세금을 제때에 못 내고 벌금을 물어 싸서 그렇지 그 정도는 안다." 노안으로 돋보기를 써야 하는 나는 "아주머니, 제가 돋보기를 하나 사 드릴까요?" 라고 말했다. 그랬더니, "야가 무슨 소리 하노? 문맹자란 말이다. 까막누-운……, 네는 선생질 한 사람이 그것도 모리나?" 아주머니는 참으로 딱하다는 표정을 지었다. '까막누-운' 이라고 말하는 목소리에 한이 서린 감정이 묻어 있었다. 아주머니의 그 말은 필자의 머리를 쇠뭉치로 때리는 듯하였다. 술에 만취했을 때 벌떡 일어나 이마를 쳤던 아스팔트만큼이나 강한 충격이었다.

문맹퇴치 운동은 1928년 3월 16일 동아일보의 '글장님 없애기 운동'이 그 시작이었다. 1930년대 대학생들의 브나로드운동, 6·25 직후 대대적인 문맹퇴치운동을 거치면서 현재 우리나라의 문자 미해득률은 2%다. 선진국인 미국의 문자 미해득률이 40%인 점을 감안하면 자랑스럽다. 문자의 전달방법도 편지, 신문, 책, 이메일, SNS문자 등 일방적인 전달방식은 새로운 것이 못된다. 컴퓨터를 이용한 채팅, 트위터 등의 양방향 의사전달기술로 발전했다. 그럼에도 짙게 드리워진 소외의 그늘을 걷어내기에는 힘겨운 실정이다. 문자를 익히고 새로운 기술을 익힐 수 있는 평생학습의 자세만으로는 문맹에서 자유로울 수 없다는 말이다. 소통의 핵심은 문자라기보다는 배려하는 마음이 아닐까? 상대방의 입장에 서서 생각할 줄 아는 마음과 다른 사람의 주장이 옳을 수도 있다는 태도가 없다면 문자해득과는 상관없이 우리는 문맹이 아닐까?

같은 이슬을 먹은 뱀과 매미가 같은 노래를 부를 날을 기대해 보자.

마지막 불효

"간질성 폐질환입니다."모니터에 나타난 영상자료를 볼펜으로 가리키며 의사가 놀란 표정으로 말했다. 얼마나 대단한 놈이면 의사도 깜짝 놀랄까? 나를 죽음으로 내모는 그놈이 어떻게 생겼는지 자세히 보고 싶었다. 숨을 죽이고 모니터를 자세히 들여다본다. 안개 자욱한 하늘을 힘겹게 나는 나비 같다. 저것이 내 허파구나. 선명하지 않다는 것을 제외하면 별 다른 문제가 없어 보인다. 같은 사진을 놓고도 2차 병원의 의사는 염증소견밖에 내지 못했다. 그런데 이이는 보자마자 단호한 목소리로 병명을 말하지 않는가. 과연 전문의답다. 이 병원으로 오길 잘했다는 생각이 든다.

처음 들어보는 병명이라 그것이 어떤 병인지 궁금했다. 근

엄한 의사의 표정에 압도되어, 선생님 앞에 선 학생처럼 먼저 설명해 주기만을 기다린다. "간질성 폐질환이 어떤 병이에요?" 아내가 물었다. 몹시 궁금했나 보다. "폐의 폐포와 폐포 사이를 간질이라 하는데 여기에 이물질이 들어가 염증을 일으키는 질병입니다. 최근에 알려졌는데, 미국의 농부들에게서 발견되곤 했습니다. 스테로이드 제제로 치료를 합니다. 항생제를 쓰지 않고요." 의사가 내 쪽으로 의자를 돌려 앉아 양 팔을 팔걸이에 올려놓으며 또렷한 목소리로 천천히 설명했다.

2차 병원에 입원해 있는 동안 병명도 모른 채, 항생제를 써서 열을 잡으려 했던 일, 열이 내리지 않자 퇴원하는 날까지 검사를 했던 일들을 생각해 본다. 끔찍하다. 병명을 알면 치료 방법도 알 것이라는 생각을 하니 다소 마음이 놓인다.

"치료를 8일이나 받으셨네요. 지금은 좀 어떻습니까?" 의사가 고개를 들어 나를 바라보며 물었다. "열이 있고 숨이 가쁩니다. 기침이 심하고 가끔씩 무명베로 가슴을 동여 양쪽에서 잡아당기는 것 같습니다. 치료는 가능한가요?" 눈을 내리깐 채 고개를 반쯤 숙이고 기어들어가는 목소리로 내가 말했다. '예'라는 대답을 기대하고 묻는 말이다. "치료는 가능하지만 이미 폐의 섬유화가 시작되었으니 입원해서 치료해야 합니다. 입원실이 비는 대로 연락드리겠습니다. 오늘은 돌아가시지요." 그는 명령조로 말했다.

불안하다. 숨이 가빠지고 힘이 빠져 기침도 제대로 할 수 없다. 다시 또 한 차례 가슴이 조여 온다. "생존확률은 얼마나 됩니까?" 그르렁거리는 목을 큰기침으로 다스린 뒤 힘없는 목소리로 내가 물었다. 그러면서도 마음속으로는 50%만 되어도 좋겠다는 생각을 한다. 의사는 겸연쩍은 표정을 짓더니 "한 70%정도 됩니다." 고개를 조금 숙여 의자 바퀴 쪽을 보며 낮은 목소리로 말했다. '치료하기 어렵다고 하면 어쩌나.' 하고 생각하고 있던 나에게는 적잖이 위로가 되는 말이다. 70%라니 희망적이지 않은가. 가쁜 숨을 쉬면서도 가슴 한 구석에 희망을 안고 아들네 집으로 왔다.

다음 날 병실이 비었다는 연락이 왔다. 입원수속을 하고 폐병동에 입원했다.

엘리베이터 맞은편 벽에 폐를 전공한 교수들의 연구실적과 보유하고 있는 의료 기술들이 적혀 있다. 폐암 수술 환자들의 5년 평균 생존율이 85%라는 글이 눈에 들어온다. 나는 비로소 내 병의 엄중함을 알았다. 머리가 핑 돈다. 차라리 보지 말 것을…. 긴 복도의 중간쯤에 있는 간호사실 맞은편 벽에 '숨소리회' 등산계획이 붙어있다. '숨소리회'는 이 병원에서 폐암 수술 후 생존하고 있는 사람들의 모임이다. 나는 그들이 부러웠다.

차라리 폐암이라면 나도 저 무리 속에 들 수 있을지도 모르는
데….

죽을지도 모른다는 생각을 하면서 꿈과 현실이 구분되지 않
는 반수면 상태로 빠져든다. 요즈음 들어 불편한 침대 위에서
도 몸과 마음의 평안을 얻을 수 있는 이 상태를 나는 즐기고
있다. 죽음을 생각해 본다. 일흔을 지난 나이다. 큰 고통 없이
지금 죽는 것도 나쁜 일은 아닌 것 같다. 생에 대한 집착이
엷어져 갈수록 마음이 차분해진다. 고요한 호수 같다. 폭풍이
일기 직전의 심해가 이럴까.

죽은 세포처럼 내 마음에 덕지덕지 붙어 있던 걱정과 고민이
흐물흐물 벗겨진다. 여섯 번째 손가락처럼 평생 동안 흉물스
럽게 달고 다니던 내 인생의 선(善)과 악(惡)이 알 수 없는 빛
속에서 산화하여 허공중으로 흩어진다. 이승에서의 모든 시비
가 시냇물이 흘러 골짜기를 가르듯 선명해진다. 마지막 남은
목숨을 내려놓으니 이리도 편안하다. 아, 그래서 사람들은 죽
음을 열반이라고 말하기도 하는구나.

아내가 흔들어 깨운다. 어머니가 폐렴으로 의식이 없는 상
태에서 종합병원 중환자실에 입원했다는 소식을 전한다. 지금
까지 어머니를 까맣게 잊고 있었다. 어머니를 두고 지금 죽을
수는 없다. 그것은 불효 중의 불효가 아닌가. 강렬한 생의 욕

구가 용솟음친다. 살아야겠다. 조급해진다. 마음은 이미 마산
에 가 있다.

당장 퇴원할 형편도 못된다. 내가 퇴원할 때까지 버티시길
천지신명께 빌어 볼 수밖에…. 남쪽을 향해 "천지신명이시여,
부디 제가 퇴원할 때까지 어머니가 버틸 수 있게 해주십시오.
어머니보다 제가 더 오래 살 수 있도록 해주십시오." 하루에도
수십 번씩 기도를 했다.

퇴원수속이 끝내자마자 마산으로 내려갔다. 병상에 누워있
는 어머니를 뵈었다. 입을 굳게 다물고 눈은 이미 감겼고 사지
는 꼼짝을 하지 않는다. 머리맡에 놓인 기계에서는 '삐∼삐∼'
하는 효과음이 들리고 모니터에는 두 개의 꺾은선 그래프가
질서정연하게 반복해서 그려지고 있다. 엄숙한 중환자실의 분
위기에 압도되어 소리쳐 부를 수도 소리 내어 울 수도 없다.
어머니의 볼에 뺨을 대어 본다. 싸늘할 뿐 아무런 반응이 없다.
거친 숨소리가 천둥처럼 들린다. 나도 모르게 어머니의 빠른
호흡에 맞추어 숨을 쉬어 본다. 가슴이 답답하다. 질식할 것
같다.

온갖 생각이 머리를 스친다. 사망유희(死亡遊戲)에 빠져 있
는 자식을 일깨우기 위해 목숨을 던졌을 수도 있다는 생각을
해 본다. 자식이란 무거운 짐을 아직도 내려놓지 못한 것 같다

는 생각도 해본다. 퇴원할 때까지 연명을 빌었던 나의 기도는 어머니에게 고통만 더해 주었다는 생각에 이른다. 결국 나는 돌아가시는 순간까지 어머니께 고통을 안겨드린 셈이다.

애잔한 마음으로 표정 없는 얼굴을 내려다본다. 차가운 기운이 코를 통해 폐를 뚫고 심장을 거쳐 오른쪽 어깨로 지나간다. 뱀이 온몸을 휘감고 있는 것 같다. 코끝이 찡해진다. 콧물이 흐르고 눈물이 흐른다. 전신이 부르르 떨린다. 어머니의 죽음을 눈앞에 둔 자식의 할 일이 고작 이 정도밖에 안되다니…. 자신밖에 몰랐던 내가 한없이 밉고 원망스럽다. 폭설이라도 내렸으면 좋겠다. 부끄러운 내 그림자 묻어버리게. 이 부끄러운 얼굴로 하늘을 어떻게 볼까. 하늘에 죄를 얻었으니 빌 곳도 없다. 잠 못 이루는 긴 밤이 아무리 이어진들 지은 죄가 조금이라도 줄어들겠는가. 도대체 어머니에게 자식이란 무엇이란 말인가.

담쟁이덩굴

한 줌의 재로 돌아가신 어머니의 무덤 위에 놓인 비석 옆에 앉는다. 어머니의 구십 평생을 생각해 본다. "스물여섯에 지아 비를 잃고 여섯 살짜리 아들을 지팡이처럼 생각하고 힘든 세상 을 살아왔다."고 말씀하시던, 어머니. 하늘을 올려다본다. 깊 은 옥색 하늘을 수많은 고추잠자리 어지럽게 날고 있다. 어머 니와 함께 겪었던 어렵고 힘든 일들이 머릿속을 어지러이 날아 다니는 것 같다. 이때 어디선가 기계톱 돌아가는 소리 아련하 게 들린다. 소리의 방향을 가늠해 본다. 푸른 소나무가 우거진 오른쪽 산이다.

수북이 자란 풀들로 흔적만 남은 자드락길 위로 경운기 바퀴 자국 또렷하게 나 있다. 그 자국을 따라 서쪽으로 걷는다. 소나무가 서 있는 비탈을 지났다. 일천 제곱미터 정도의 널찍한 버덩이, 양쪽 산 사이에 호수처럼 남·북으로 길게 누워있다. 왼쪽 산과 버덩을 동·서로 가르는 개울은, 뱀의 허물처럼 허옇게 말라있었다. 집채만 한 바위는 칡덩굴을 덮어쓰고 파수꾼처럼 군데군데 서 있다. 자갈과 흙으로 된 땅에는 풀과 덩굴이 거친 풀숲을 이루고 있다. 억새는 여기저기 쌓여있는 새까만 부엽토에 무덕무덕 자라 있다.

물오른 잎과 활짝 핀 억새꽃이 반사하는 늦은 오후의 지는 햇빛은 강렬하다. 녹색의 거친 버덩을 회색으로 물들인다. 폭군 같은 보름달의 권능이 저러할까. 간간이 부는 바람에 홀씨는 눈처럼 날린다. 이별이 싫은지 억새는 시집가는 딸을 배웅하는 어머니처럼 울고 있다. 온몸을 흔들며 서걱서걱 낮은 소리로 운다.

거친 풀밭을 황금분할하는 중간쯤이었다. 무성한 담쟁이덩굴을 온 몸에 감은, 허수아비 같은, 한 그루 소나무 고고하고 쓸쓸하게 죽어 있다. 밀짚모자를 눌러쓴 농부가 그 나무 주위를 맴돈다. 스러지는 생명에 대한 연민으로 톱질하는 시간을 조금이라도 줄여 보려는 듯 나무의 둘레를 조심스럽게 살핀다. 손으로는 기계톱의 회전을 멈추었다 가속하기를 번갈아 한다. '부릉 부르르릉' 소리 요란하다. 참수형을 집행하기 전에 죄수

앞에서 추는 망나니의 춤사위 같다. 순간 나는 의식 없이 누워 마지막 숨을 몰아쉬던, 어머니의 힘든 열흘이 생각났다. 사자가 저승으로 인도하기 전에 혼령 앞에서 치르는 의식이 있다면 저러하였으리라. 우주 속의 또 다른 우주를 보는 것 같다.

성능을 점검하고 나무를 넘길 방향이 정해지자 힘차게 돌아가는 톱을 나무의 밑동에 지그시 댄다. 노을빛으로 물든 억새밭은 양쪽 비탈에 선 푸른 솔숲과 멋진 대조를 이루어 안개 낀 아침 호수 같다. 농부의 밀짚모자는 햇빛을 받아, 불그스름하면서도 하얗게 물들었다. 땀에 젖어 햇빛을 반사하는 하얀 윗도리는 구부린 등위에 수건처럼 걸쳐 있다. 모자와 상의는 지는 햇빛으로 반짝반짝 눈이 부시다. 밑동부터 잘라내기 위해 구부정하게 엎드린 자세는 돛단배를 모는 사공 같다. 한 폭의 동양화다. 농부의 살벌한 기계톱 소리마저 바이올린 소리로 들린다.

'뚝 뚝 뚝 우지직 쿵' 소나무의 우람한 몸뚱이는, 컴퍼스로 반원을 그리듯, 공중에 포물선을 그린다. 밑동에서 싹둑 잘린 담쟁이덩굴을 친친 감은 채 벌러덩 넘어진다. 더는 버팀목이 될 수 없는 것이 애석해서일까. 넘어진 뒤에도 가지에 감긴 잎을 부르르 떤다. 그러다 잠잠해진다.

돌너덜의 척박한 땅에 뿌리내리고 비바람 눈보라를 수도 없이 견디었다. 잎이 벌겋게 될 때까지 진액을 빨려도 바른 자세로 서서 버텼다. 덩굴의 실뿌리를 온몸에 박고, 싱싱한 담쟁이 잎을, 내 것인 양 바람에 나풀거리기도 하였다. 그러나 저승사자 같은 농부의 톱날은 피할 수 없었다.

짧은 막대기로 찔레나무 덤불과 며느리밑씻개와 싸리나무가 한데 어우러진 풀숲을 헤친다. 한 걸음 한 걸음 조심해서 징검다리를 건너듯 발을 떼어놓는다. 다리에 감겨오는 덩굴은 손으로 잡고 젖혀 놓는다. 면도날 같은 까칠한 억새 잎을 피해서, 허리를 뒤로 옆으로 젖히며 앞으로 간다. 시체처럼 길게 누워있는 소나무 곁에 간신히 다가섰다.

허리를 굽혀 오른손을 뻗는다. 손가락으로 아름답게 물든 담쟁이 이파리를 이리저리 들춰본다. 쓰러지면서 바위에 부딪힌 충격으로, 겉껍질이 전부 벗겨졌다. 하얀 속살이 훤히 보인다. 담쟁이는 기왓골 같은 소나무 겉껍질의 얇은 부분에서 안쪽으로, 회충처럼 새하얀 뿌리를 내리고 있다. 이 연약한 뿌리로 사시사철 낮·밤 없이 소나무의 숨통을 조인 것 같다. 순간, 나는 깜짝 놀랐다. 너무 슬퍼서 가슴이 미어지는 아픔을 느꼈다. 세속의 모든 때 홀랑 벗어버린, 하얀 새가 되어 빅뱅이 일어나고 있는 불꽃으로 들어가는, 어머니의 뒷모습을 보았기 때문이다. 소자가 담쟁이덩굴이었군요, 어머니.

어머니상을 치른 이후, 마음이 불안하고 초조하여 어떤 일도 할 수 없었다. 어영부영한 세월이 일 년을 넘었다. 이 혼란의 원인은 무엇일까? 불효가 큰 만큼 아픔이 크기 때문일까. 아픔을 씻어낼 만큼 시간이 흐르지 않았기 때문일까. 가을 하늘 고추잠자리처럼, 내 머릿속을 맴돌던 의문이 이제야 풀리는 것 같다. 어머니라는 버팀목을 잃었기 때문이었다. 어머니의 버팀목이라고 생각했던 나는, 힘들 때 잠깐 의지하는, 지팡이였다. 어머니의 손을 떠나서는 잠시도 서 있을 수 없는 지팡이. 어머니에 기대어 살아 온 세월 70년, 소나무에 기생하여 자란 담쟁이덩굴처럼, 혼자서는 똑바로 설 수 없는 것이 당연하지 않은가. 지금이라도 지팡이처럼, 덩굴처럼 살아온 인생을 뒤로하고 봄 잔디처럼 꼿꼿이 서서 내 작은 세상을 열어야겠다는 생각 간절하다. 서산 가까이 다가가고 있는 해를 보고, 조급해지는 마음을 다독이며, 이 작은 소망을 이루게 해 달라고 빌어본다.

어머니의 성

　어머니를 두고 병원 문을 나서는 발걸음이 천근보다 무겁다. 하얀 나비 한 마리가 뒤뚱뒤뚱 힘겹게 허공으로 날아가고 있다. 정신을 차리고 보니 환상이었다. 굽어보고 있는 앞산은 푸르다. 양지의 나무가 드리운 그늘은 환자복 입은 사람들을 감싸고 있다. 모든 것이 제 자리에 있는데 내 마음만 부평초 같다.

　무릎관절 치료를 위해 입원한 것이 한 달 전이다. 그 길로 어머니는 자리에서 일어나지 못했다. 온갖 풍상에도 끄떡없던 어머니다. 그러나 여든여덟 해 동안 소리 없이 스친 바람은 견뎌내지 못했다. 지난 한 달 동안 머릿속을 맴돌고 가슴에서 요동치는 어머니 생각으로 아무것도 할 수 없었다.

생명의 씨앗은 투명인간처럼 기척 없이 찾아든다. 고통을 신호로 존재가치를 깨우쳐왔을 때 어머니는 몸 안의 새 생명을 기쁜 마음으로 받아들인다. 평생 동안 지고가야 할 십자가라 하더라도 축복으로 생각한다. 모성은 고통도 기쁨과 희망과 행복으로 승화시킨다.

어머니는 턱이 되어 자식의 생명과 희망을 키운다. 다이아몬드보다 강한 이빨은 먹이를 구하는 창이다. 거위의 가슴 털보다 부드러운 입술은 폭풍우를 막아주는 방패다. 인연이 다할 때까지 어머니는 장수처럼 우뚝 서서 창과 방패를 휘두른다.

턱은 모순이 존재할 수 없는 논리의 세계가 아니다. 강함과 부드러움의 조화로 평화를 주는 곳이다. 초나라 상인의 창과 방패가 살아 숨 쉬는 현실세계이다.

경인년, 내 어머니는 백호의 발톱에 반신이 찢기는 아픔을 겪었다. 상처 입은 몸으로 하얀 호랑이의 예리한 이빨로부터 턱 안의 혀를 지켜냈다. 무서울 때 아궁이 속으로 숨던 겁 많던 아이였다. 그림자처럼 따라붙는 트라우마도 떨쳐내게 했다. 예순여덟의 그 아이, 이제야 철이 드나보다.

어린 시절 나는 개울가 바위서리에 앉은 청개구리였다. 청소년기에는 일탈의 유혹에 유난히 약했다. 청·장년기에는 건강 때문에 애를 태우게 했다. 나를 지탱하고 성장하게 한 것은 척추처럼 붙들어 준 어머니의 힘이었다.

직업을 갖고 결혼을 해서 독립했다. 양지의 나무들처럼 나도 어머니를 감싸는 그늘을 드리운 줄 알았다. 어머니의 입원을 계기로 어머니의 성 안에 살고 있었다는 것을 깨달았다. 그곳은 관심과 사랑과 희생으로 쌓은 성이다. 투명하고 탄력적이어서 그 존재와 크기를 쉽게 알 수 없는 성이다. 자연스럽고 완벽하여 그 안의 모든 사람들에게 행복을 주는 천의무봉의 성이다.

세월의 바람에 성곽의 한쪽이 무너졌다. 이제는 당신만의 성으로 변했다. 스스로를 가두어 버린 성 안에서 사라져 가는 기억의 파편들을 필사적으로 붙든다. 놓지 않으려고 몸부림친다. 남은 기억들은 낡은 조각보가 되어 과거를 덮는다.

조각보의 무늬에는 기대와 희망으로 한을 다스리던 지혜가 있다. 자식을 생각하며 호롱불 잡고 모내기 하던 즐거움이 있다. 직장을 갖고 있는 며느리를 대신하여 손자들을 돌보던 만족의 웃음이 있다. 병실의 좁은 침상 위에, 어머니는 조각보의 희미한 무늬를 펼쳐 보인다. 그 곁에서, 돋보기 쓴 아이는 모호한 어머니의 행방에 애를 태운다.

어머니의 성은 점점 작아지고 멀어져 간다. 세월을 거슬러

소아기로 되돌아간다. 좀 더 오래 버틸 수 있도록 배려한 신의 뜻인지도 모르겠다.

몰래 유자를 품을 수 있는 효자는 아니다. 스스로를 가두어 버린 어머니의 성이 어느 시절에 머무르는지 알고 싶다. 당신의 나이 여든일곱의 시절로 되돌리고 싶다. 뱃속에 있었던 열 달 동안 영양을 공급해 주고 배설해 준 그 은혜만이라도 보답하고 싶다. 온 몸을 뒤덮은 후회의 그늘이 가슴속의 열기를 부채질하는구나.

아름다운 석양을 맴도는 까마귀 한 마리, '까욱 까욱' 슬피운다. 점점 작아지는 어미의 성이 가장 행복했던 시절에 머물지 못할까 봐 미리 우는가. 사라져 가는 어미의 성을 잃지 않으려고 몸부림치는 신음소리인가?

하얀 나비되어 뒤뚱뒤뚱 힘겹게 날아가는 어미의 영혼, 끝내 눈물 흘릴 수밖에 없구나. 오늘따라 멀리서 들려오는 저녁 예불 소리가 구슬프다.

청개구리 소리 그친 걸 보니, 내일이면 어머니가 내 이름을 부를 것도 같다.

어머니에게 나는

　어머니의 머리맡에 놓여 있는 모니터에서 삐~하는 소리가
난다. 두 개의 파란 줄이 철길처럼 나란히 그어진다. 주치의는
또렷한 목소리로 어머니의 사망을 알린다. 이미 예견된 말이
지만 그 소리는 천둥처럼 다가온다. 겨울 벌판을 스치는 회오
리바람처럼 내 가슴을 휩쓸고 지나간다. 가슴은 텅 비고 눈물
이 쏟아진다. 다리가 후들거린다.

　숨 쉬는 것마저 괴로워하시는 어머니가 너무나 안타까워 큰
고통 없이 가시게 해 달라고 기도했다. 무신론자인 내가 허공
을 향해 울부짖는 소리가 기도가 될 수는 없을 것이다. 그래도
"회복이 불가능하다면 어머니를 힘든 고통의 시련 속에 두지
마십시오." 하고 기도를 드린다. 이틀 후 어머니는 저 세상으
로 가셨다. 이 기도가 두고두고 내 가슴을 후빌 줄은 몰랐다.

어머니와 함께했던 70년 세월이 눈앞에 아른거린다. 수많은 일들이 눈앞을 스친다. 과거의 물결이 파도처럼 지나간 자리 '어머니에게 잘못한 일들'만 자갈처럼 남는다. 이제 지난 일을 돌이키고 행동을 고쳐도 기뻐해 줄 사람이 없다. 용서를 구할 사람도 없다. 모든 것은 그대로인데… 어머니의 숨소리만 들리지 않을 뿐이다. 가슴은 텅 비고 머릿속은 하얘진다.

의사가 하얀 천으로 발끝에서 머리끝까지 덮어 이승과 저승을 가른다. 온몸으로 어머니를 느끼고 싶다. 그래야 어머니를 가슴속에 오래 둘 것 같다. 하얀 천을 살짝 들친다. 쉴 새 없이 흐르는 눈물이 앞을 가린다. 보고 싶은 얼굴은 보이지 않고 가슴만 저려온다.

손등으로 눈물을 훔치며, 잘 깎은 여승의 머리처럼 파르스름한 얼굴을 찬찬히 들여다본다. 병원비 걱정, 병원이 먼 곳에 사는 자식 걱정, 증손주 볼 걱정, 당신의 관절염에 대한 근심…. 근심과 걱정은 찾아 볼 수가 없다. 평화와 고요와 자유가 은은히 어려 있다. 나는 칠십을 살아오면서 저토록 평온한 어머니의 얼굴을 본 적이 없다.

이승을 내어놓고 얻은 것이라서 그럴까. 한참을 보고 있노라니 세상을 초월한 것 같은 신비함과 경건함에 엄숙한 기운마저 갖추고 있다. 양쪽 눈꼬리에 세 개의 주름을 잡으며 입 꼬리를 살짝 치켜 올려 자상하게 웃어주시던 어머니가 아니다. 두려운 마음마저 든다. 천으로 어머니의 시신을 덮고 한 발짝 물러선다.

엉거주춤한 자세로 서서 눈을 감아본다. 그리움이 울컥 몰려온다. 다시 침대 곁으로 걸어가 하얀 천을 들치고 온 몸을 찬찬히 살핀다. 얼굴에 볼을 댄다. 살며시 손을 잡아본다. 싸늘하다. 얼음에 닿은 듯 시리고 짜릿한 기운이 단전에서 가슴 쪽으로 밀려온다. 가슴 깊숙한 곳까지 닿는 것 같다.

얼른 허리를 편다. 어머니의 시선이 나의 몸에서 떨어지지 못하도록 주의를 끈 수많은 계략들, 잘못을 감추기 위해 내뱉었던 수많은 거짓말들, 나의 모든 잘못을 숨긴 곳, 그 비밀의 장소가 드러날까 봐 겁이 난다. 얼른 손을 놓고 한 발 뒤로 물러섰다. 이곳만은 모르고 가시기를…. 다시 생각해 보니 저승으로 가신 분이 그것 모르랴 싶다. 겹으로 쌓인 부끄러움으로 한 발 더 물러섰다. 아! 이승과 저승의 구분이 선명해지는구나.

아버지를 사별했을 때 어머니의 나이는 스물여섯, 꽃다운 나이었다. 아들의 손을 놓고 한 발짝만 비켜서면 포장된 도로로 갈 수 있었을 것이다. 그런데도 살얼음 잡힌 진창길을 택하셨다. 여섯 살짜리 아들의 손을 놓지 않고 일흔이 되도록 보살폈다.

어머니에게 나는 어떤 존재였을까.

눈을 감고 생각에 잠긴다. 물 잡힌 모판에 속이 텅 빈 어미 논고동이 물 위에 둥둥 떠 있다. 모판 바닥에는 어미 고동의 속을 다 파먹고 나온 작은 새끼들이 새까맣게 널려 수초의 싹을 뜯어먹고 있다. 어머니도 저처럼 저승을 향하여 이승의 물 위를 둥둥 떠가는 것은 아닐까. 속을 다 비운 빈껍데기인 채로.

또 다른 그림이 떠오른다. 가느다란 철사 모양의 기생충인 연가시가 숙주인 사마귀의 몸속으로 들어간다. 자력으로 물웅덩이까지 갈 수 없는 연가시는 숙주의 뇌에 신경물질을 분비한다. 풀숲에 살던 사마귀는 연가시의 신경물질에 홀려 물웅덩이로 가 자살한다. 익사한 사마귀의 몸에서 빠져나온 연가시는 맑은 물에서 자유롭게 유영한다. 고개를 홱 돌리는 연가시의 말뚝 같은 얼굴에 내 얼굴이 겹친다. 반짝이는 눈, 번들거리는 코와 이마가 선명하다. 민망하다. 얼른 고개를 돌린다.

나는 고동의 새끼일까. 연가시일까. 연가시로 논고동 새끼로 때때로 바뀌어 일어나는 연상으로 나는 무던히도 괴로워했다. 아무리 괴로워도 어머니가 나를 위해 보낸 70년 세월의 고통에 비할 수는 없지만.

마지막임을 직감할 수 있는 어머니의 고통 앞에서 천지신명께 기도하던 일을 다시 생각해 본다. 어머니의 숨소리는 100평도 넘을 것 같은 중환자실을 지배하고 있었다. 어머니의 숨소리에 압도당해 어머니가 들이쉴 때 나도 들이쉬고 내뱉을 때 나도 내뱉었다. 불현듯 내 머릿속에서 대장간의 풀무가 연상된다. 바람을 불어내고 빨아들일 때 나던 소리, 그 큰 소리가 내 허파를 지배한다. 힘들다. 몇 번을 따라 하자 가슴이 답답해진다. 터질 것 같다. 어머니도 나와 같은 고통을 받으며 숨을 쉬고 있을 것이라 생각하니 참을 수 없을 정도로 괴로웠다. 참다못해 곁에 있는 주치의에게 소리쳤다. "어떻게 좀 해 봐요. 숨을 쉬는 것마저 고통스럽지 않습니까." 주치의가 대답했다. "지금으로서는 아무런 방법이 없습니다. 인공호흡기를 달면 생명을 더 연장할 수 있습니다. 그렇게 하면 좀 편안해 질지 모르겠습니다." 어머니의 병환을 잘 알고 있는 어느 지인이 "인공호흡기는 달지 않는 것이 좋습니다. 내 어머니라면 절대 달지 않겠습니다. 자연사가 인생의 순리지요." 하던 말을 생각해 본다. 어머니의 나이 아흔이다. 그래 의식 없이 식물처럼 숨만 쉬는 삶을 어머니도 원하지는 않으실 것 같다. 자연에 따르는 죽음도 힘들고 고통스럽다는 것을 알겠다.

생각해보니 어머니의 모든 노력은 나를 향해 있었다. 그런데 나의 모든 노력도 그 끝이 나를 향해 있었다. 어머니의 임종에 할 수 있는 일이 기도밖에 없었는데, 영혼 없는 그 기도마저 결국 나를 위한 것이었다. 몸으로 낳고 90평생을 가슴으로 기른 아이가 '나'라는 생각을 하니 온 몸에 전율이 인다. 슬픈 일이다.

한 구절의 시가 머릿속을 스친다. "들어라 얘들아. / 너희 아버지가 죽었단다. / 그의 낡은 코트로/ 너희에게 작은 재킷을 만들어주마. / … 삶은 계속되어야 해. / 그리고 죽은 자는 잊혀야 해. / 착한 사람이 죽는다 하드라도/ 삶은 계속되어야 해. / 앤 아침밥을 먹어라. / 댄 네 약을 먹어라. / 삶은 계속되어야 해. / 정확히 그 이유는 잊었지만."[1]

어머니의 재킷을 고쳐 입었으니, 눈 내리는 거리도 거침없이 걸을 수 있겠다. 손가락이 시리면 호주머니에 손을 넣고 흩날리는 눈발에 뺨을 내밀자. 재킷을 입었으니 눈발이 두려우랴. 추위가 두려우랴. 슬픈 눈으로 추위를 이기자.

황량한 겨울 들판에 서서 어머니의 도움 없이 '인생 3기'[2]를 마무리해야 한다는 생각을 하니 외롭고 허전하다.

어머니는 가셨다. 논고동의 새끼는 모판에서 수초를 뜯고, 물웅덩이에서 연가시는 헤엄을 친다.

---

1) ≪비가(悲歌)≫ 빈세트 밀레이 지음, 최승자 옮김, 읻다. 2017. pp41
2) 내 나름대로 대학을 졸업하기까지를 인생 1기, 취업 후 정년까지를 인생 2기, 퇴직 후 죽을 때까지를 인생 3기로 구분해 본다. 1기는 학습기, 2기는 생산 활동기, 3기는 인격 완성기라 부르기로 한다.

황산의 잔도 위에서

    잔도의 난간을 잡고 아래를 내려다본다. 세상을 단숨에 삼킬 것 같은 악마가 천길 아래에서 입을 크게 벌리고 있다. 실지렁이가 기어오르는 것처럼 발가락 끝이 간질거린다. 스멀거리는 기운은 서서히 위로 오르며 아랫도리의 말초신경을 간질인다. 불알은 마른 탱자처럼 졸아들어 바늘 끝도 용납하지 않을 것 같다. 갑자기 아랫도리가 횅해지며 차가운 바람이 두 다리 사이를 휘익 지나간다. 온 몸이 스멀스멀해진다. 심장은 박동을 멈추고 머리끝은 밤송이가 되었다. 잔도와 함께 감감한 낭떠러지로 굴러 떨어지는 내 모습이 어렴풋이 보인다. 아~이 지긋지긋한 고소공포증…. 나는 하얀 낙지처럼 차가운 바닥에 스르르 주저앉고 말았다. 구름위에 떠 있는 잔도를 밟고 광명정에 올라 황산을 굽어보려던 생각은 이렇게 무너지고 마는구나. 일어나고 싶은 생각은 꿀떡 같은데 몸은 천근이다. 넋을 잃은 채 멍하니 난간 쪽을 쳐다본다.

"여보, 발 밑 조심해요. 벽 쪽으로 서세요."

난간을 잡고 아찔한 공포를 즐기던 아내가 손을 내밀며 관세음보살처럼 웃고 있다. 아내의 손을 꼭 잡고 일어섰다. 손을 잡은 채로 걸음마 연습하는 어린아이처럼 벽과 돌계단만을 보면서 따박따박 조심스럽게 내려디뎠다.

나약한 모습을 드러내지 않기 위해 힐끔힐끔 난간 쪽을 쳐다보며 계단을 내려간다. 한 발 내디딜 때마다 한 번씩 난간 쪽을 힐끔거린다. 가슴이 서늘해지면 다시 벽 쪽으로 고개를 돌린다. 공포를 잊어버리려고 정신을 계단의 숫자에 집중한다. 마음속으로 하나 둘 셋… 헤아린다.

"손잡고 다니는 모습이 보기 좋습니다."

짓궂은 농담에 탱자처럼 졸아들고 낙지처럼 무너져버린 나의 모습이 드러난 것 같아 얼굴을 돌린다. '도둑이 제 발 저리다.'는 속담을 생각하고 얼른 일행을 향해 미소를 지었다.

마음속에 쌓인 계단의 숫자가 오천을 넘었다. 힐끔거림도 오천을 넘었으리라. 양쪽 절벽에 터널을 뚫고 절벽 사이를 건널 수 있게 평지처럼 만든 돌다리도 지났다. 이제는 벽 쪽에

서서 난간 밖으로 펼쳐진 산과 구름의 기묘한 조화, 아름다운 산의 모습은 힐끔거리지 않아도 되었다. 난간 아래쪽을 보고 있어도 가슴이 시려오는 감각의 정도가 약하기 때문이다. 아내의 권유로 잠깐 쉬기로 했다.

좁지만 주위를 둘러보기 알맞은 자리에 섰다. 눈높이만큼의 절벽을 보다가 서서히 고개를 들어 위를 올려다본다. 어느 조각가가 저런 솜씨를 발휘할 수 있을까. 밀가루 반죽을 말려서 윗부분은 도끼와 끌로 파고 쪼아 기이한 산의 형상을 이루었다. 아래로 눈을 돌린다. 절벽은 대패로 깎은 듯 매끈하다. 끝없이 펼쳐진 구름바다는 대팻밥을 고르게 널어놓은 것 같다. 바다위에 섬들이 우뚝우뚝 솟아 있지 않은가. 새도 날아 넘을 수 없는 절벽은 병풍처럼 서있다. 짙은 운무는 연기처럼 아슬아슬하게 걸려있는 돌사다리 앞에서 짙어졌다 엷어졌다 한다. 선경에 접어든 느낌이다. 잔도는 17년에 걸쳐 만들었다 한다. 절벽에 구멍을 뚫고 철심을 박아 2m 넘는 돌을 인절미처럼 깎아서 겹치도록 끼어 놓았다. 돌을 다룬 솜씨와 인내와 끈기가 만리장성을 쌓은 민족답다고 생각했다.

잔도 아래를 내려다본다. 가슴이 시려오지 않는다. 기뻤다. 아내의 손을 살며시 놓는다. 다리에 힘을 주며 허리를 쭉 펴본다. 난간에 몸을 기대며 아내 쪽으로 얼굴을 돌린다. 미소

지으며 말을 건다. 잔도의 난간 쪽에 바른 자세로 서서 까마득한 절벽 아래의 상황을 이야기할 수 있다는 것이 이렇게 기분 좋은 일인 줄은 몰랐다. 몸은 가벼워져 바람 탄 깃털이다. 인간이 신선으로 변하는 한계에서 느끼는 기분이 이런 것일까. 구름은 바람을 타고 정상을 향하여 치닫고 나는 상상의 세계로 빠져든다. 삭도에 매달려 백아령을 오르는 케이블카 안에서 기척도 하지 않고 고소공포증과 싸우고 있는 나를 본다. 내 어릴 때 꿈이었던 '여의봉을 들고 구름을 탄 손오공'을 본다. 그러다 피식 웃었다.

천 길 낭떠러지도 내려다 볼 수 있는 지금, 손오공이 부럽지 않다. 손오공에게 근두운과 여의봉이 있다면 내게는 여의봉 같은 돈이 있다. 손에 돈을 쥐고 여의봉처럼 흔들면 된다. 사회주의 국가 안에서도 안 되는 일이 있었던가. 비행기, 차, 모노레일, 케이블카를 마음대로 탈 수 있다. 90도 가까운 황산의 잔도를 가마 타고 오르내릴 수도 있다.

'짐 짐' 하고 외치는 짐꾼들 소리에 깜짝 놀라 상상에서 깨어났다. 계단을 내려가기 위해 한 발짝 떼어본다. 다리는 몸뚱이 같고 허리는 짚동 같아서 걷기가 몹시 불편하다. 그 자리에 주저앉아 종아리를 만져본다. 마른 명태가 따로 없다. 황산의 돌계단이 이번에는 종아리와 허벅지를 바늘로도 찌를 수 없을 만큼 딱딱하게 만들어 놓았다. 다리 근육이 이 정도는 되어야 하는데….

머릿속에 쌓인 계단의 숫자가 만 개를 넘었다. 다리와 허리는 남의 것을 달고 다니는 기분이다. 고통이 하도 심하여 숫자에 집중할 수 없다. 삼천 개 정도 남은 계단은 헤아리기를 포기해야겠다. 계단에 퍽 주저앉는다. 뭉친 근육을 손으로 문지르며 갈수록 심해지는 고통을 잊으려 애를 쓴다. 그러면서도 생전 처음으로 가져보는 근육질의 종아리가 욕심나는 것은 또 무슨 마음일까.

오르내리는 사람들을 유심히 살핀다. 내려가는 사람들은 대부분 백아령까지 케이블카를 타고 와 서해 협곡의 잔도를 내려가서 다시 모노레일을 타고 광명정을 오르고 옥병루에서 산을 내려가는 케이블카를 타는 사람들이다. 잔도를 오르는 사람들은 그 코스를 거꾸로 가는 사람들이다. 쉬우리라 생각했던 내리막길이 기대와 달라서일까. 내려가는 사람들은 한 발짝 내려딛는 것도 고통스러워 보인다. 얼굴은 딱딱하고 표정이 없다. 자세는 흐트러져 패잔병 같다.

수직에 가까운 잔도를 오르는 사람들은 팥죽 같은 땀을 흘린다. 숨이 턱에까지 차서 헉헉거린다. 온 몸을 다리에 실어 힘들게 위 계단을 밟는다. 그렇지만 찡그린 사람은 없다. 흥분으로 상기되고 희망과 기쁨이 뒤엉킨 생기 있는 얼굴이다. 나는 비로소 올라가는 것보다 내려가는 것이 더 힘든 이유를 알았다. 한 발 한 발 따복따복 산을 오른 자만이 정상에서 맛본 기쁨 이후에 텅 비어버린 마음을 다스릴 수 있을 것이다. 그때 붙인 근육으로 고통스럽지 않게 산을 내려올 수도 있을 것이다. 인생살이도 이와 같지 않을까.

아내를 벽 쪽으로 세우고 내려오면서 일만 삼천 개가 넘는 계단을 추억의 뒤란으로 보낸다. 무의식 깊이 박혀있는 고소공포증을 거친 숨결로 뱉어낸다.

아~ 황산이여…!

선주민의 한이 녹아내리는 나이아가라폭포

　우리가 버스에서 내린 곳은 폭포가 내려다보이는 나이아가라 강 연안의 산등성이였다. 뒤쪽은 호텔과 식당과 유흥시설을 갖춘 빌딩의 숲이 늘어 서 있고 바로 앞에는 폭포가 있다. 건너편은 완만한 경사를 이루고 있는 산인데, 미국의 뉴욕 주에 속한다. 폭포의 위쪽은 경사가 급하여 울울창창한 양안(兩岸)의 산이 하나인 듯 산맥을 이룬 채 시원하게 뻗어 있다.

　엘리베이터를 타고 아래로 내려간다. 유람선에 타기 직전, 줄을 서서 불그죽죽한 얇은 비닐우의를 받았다. 펼쳐본다. 머리에서 종아리까지 닿는, 통으로 된 우의다. 펼친 김에 위에서부터 아래로, 둘러쓰듯 입었다. 머리에서부터 아랫도리까지 같은 색깔의 우의를 뒤집어쓰고 보니 누가 누구인지 분간하기 힘들다. 같은 색깔과 형태의 행렬만 있을 뿐이다.

따스한 햇살을 받으며 유람선 '안개속의 숙녀호'에 올랐다. 배는 출발하자마자 왼쪽으로 방향을 틀더니 미국 쪽 폭포를 향했다. 30m 높이에서 많은 양의 물이 떨어지는 모습은 장관이다. 물줄기는 떨어지는 힘 이상으로 튀어 올라 자욱한 물보라를 일으킨다. 물보라는 폭포의 물줄기를 안개처럼 가리더니 어느새 머리 위에서 소나기로 떨어진다.

아메리칸 폭포와 브라이들 베일 폭포를 지나 염소섬 앞에 이르자 우의가 젖어 옷에 찰싹 달라붙어 있었다.

오른쪽으로 조금 더 들어가니 말발굽형의 거대한 캐나다 폭포가 어슴푸레 보인다. 그때였다. 연기처럼 피어오르는 비말 속에서 엄청난 굉음이 들려온다. 날카로우면서도 음침한 기운이 느껴져 전율(戰慄)을 불러일으키는 소리다. 으스스하다. 심장이 오그라든다. 머리칼은 밤송이처럼 곤두서고 눈은 게눈처럼 툭 튀어나오는 것 같다. 다리에 힘이 쭉 빠져 갑판의 난간을 잡고 간신히 서서 미약한 숨을 헐떡인다. 주위를 둘러본다. 귀신에 홀린 듯 동그랗게 눈을 뜬 사람들이 어정쩡하게 서서 서로를 쳐다보고 있다.

정신을 차리고 다시 들어본다. 참으로 묘한 소리다. 천둥의 소리보다는 둔탁하고 건물이 무너지는 소리보다는 예리하다.

가죽을 두드리는 둔탁한 소리인가 하면 온 몸을 단칼에 양단할 것 같은 천둥의 소리 같기도 하다. 짐승을 쫓는 다급한 말발굽 소리가 들리는가 하면, 깃털 모자를 쓴 선주민 추장의 주술적인 긴 절규도 들린다. 어느 한 가지 소리라고는 말할 수 없다. 오케스트라처럼 여러 소리가 완벽하게 어울려 한 번에 폭발하는 소리다.

분당 110,000㎥ 이상의 물이 53m의 높이에서 떨어지며, 부서지고 튀어 올라 안개 같은 물보라를 허공에 흩뿌린다. 우람하다.

배는 오른쪽으로 돌며 좀 더 깊숙이 들어갔다. 물 떨어지는 소리 높아지고, 무수한 비말은 허공중에 흩어진다. 귀는 먹먹하고 눈은 침침하다. 강물도 물이요 폭포도 물, 하늘에도, 내 얼굴에도 물, 온통 물이다. 나는 비말에 휩싸여, 용문을 날아오르는 용처럼 하늘까지 닿은 무지개다리를 건넌다.

자기희생으로 만든 물의 세상은 숭고하고 아름답구나!

폭포의 물소리 들릴락 말락 한다. 아직도 물에 젖은 카메라를 손에 들고 있다는 것을 알아차린다. 얼른 가슴속에 품는다. 그제야 어벙한 얼굴을 한 채 흠뻑 젖어있는 사람들을 알아볼 수 있었다. 마침 아는 이가 보인다. 서로 쳐다보며 멋쩍은 웃음을 살포시 웃는다.

선착장으로 향하는 '안개속의 숙녀호'의 난간을 붙들고 뒤돌아본다. 용오름 하듯 회오리치는 비말이 안개처럼 폭포를 휩싸고 있다. 신비스럽다. 카메라를 끄집어내어 가까이 갔을 때의 화면을 찾아본다. 떨어지는 물방울이 눈을 가려 대충 찍은 사진이다. 그렇지만 폭포는 선명한 색깔로 커튼처럼 하얗게 걸려있다.

저 커튼 뒤에는 무엇이 있을까?

바다에는 삼엽충이 우글거리고 광활한 대지에 공룡이 뛰놀던 때부터 폭포에 희생된 원혼들의 은신처일 수도 있다. 강을 건너다 급류에 휩쓸린 사람, 발을 헛디뎌 폭포로 떨어진 사람, 무사(無事)를 기원하며 제물로 바쳐졌던 아름다운 처녀들, 이들의 한(恨)이 서리고 서려 저 커튼 뒤 음습한 곳에 응어리져 있을 수도 있다.

어디 그 뿐이랴.

선주민들은 강의 빠른 유속과 큰 낙차를 이용해 전기를 생산하는 이주민들을 보고 놀랐을 것이다. 두려움의 대상이던 폭포가 친근하고 우아한 이웃집 할머니로 분장되었을 때 감탄했을 것이다. 쓸모없는 땅, 깊은 산골에 전망대를 세우고 호텔과 식당과 카지노를 만들어 한 해 일천만 이상의 관광객을 불러들이는 것을 보고 저럴 수도 있을까 하고 의아해 했을 것이다.

이들이 쓸어 담는 황금의 소리에 비로소 선주민들은 이곳을 잃은 것이 얼마나 뼈아픈 일인가를 알아차렸을 것이다. 그것이 숙명이라 해도, 자유의지의 부족이라 해도 후회스럽기는 마찬가지였을 것이다. 후회는 한이 되어 대지에 쌓이고, 쌓인 한은 더욱 무거워져 저 커튼 뒤 어둠침침한 곳 깊이깊이 가라앉아 있을 수도 있다. 물 떨어지는 소리에 이들의 한이 함께 섞여 으스스한 전율을 불러일으킨 것은 아닐까. 어쩌면 그 묘한 소리는 폭포에 물이 흐르기 시작하면서부터 응어리진 한의 절규인지도 모른다.

캐나다의 땅 육지에서 폭포 옆으로 난 보도를 걷는다. 두 갈래로 흐르는 미국 폭포와 말발굽 형태의 캐나다 폭포를 한눈에 다 본다. 가끔씩 날아오는 소나기 같은 비말의 낙수를 맞아가며 상류로 향하여 걷는다. 넘실대며 흐르는 물줄기가 조금씩 느려지기 시작한다. 미국 쪽을 향하여 다리가 놓여 있는 곳까지 왔다. 강을 가로질러 사람이 살 수 없을 정도로 작은 섬에서 끝나 있다. 그곳이 국경이다. 철조망도 벙커와 포대도, 지뢰와 초병도 없는 국경을 본다. 모든 나라의 국경이 저랬으면 좋겠다.

옥색 하늘가에 하얀 구름 한 점 일어 뭉게뭉게 피어오른다. 산이 되었다 짐승이 되었다 한다. 어느 순간 아름답던 구름송이는 봄눈 녹듯 스러지고 있다. 나의 일생을 보는 것 같아 왼쪽 가슴이 찡해진다. 무심코 내려다보니 하늘을 품은 강물, 커다란 뱀이 기어가듯 굼틀굼틀 폭포를 향하여 부지런히 흐르고 있다. 아, 저렇게 쉼 없이 흘러갈 수밖에 없는 것이 인생인 것을. 그 안에서 뭉치고 스러지는 것이 무슨 대수이겠는가. 급하게 가거나 천천히 가거나 무슨 차이가 있단 말인가.

일행을 만날 시간이 다되어 간다. 폭포 쪽으로 내려왔다. 고개를 오른쪽으로 돌린다. 거대한 물보라 중간쯤, 무지개다리 하나 허공중에 떠 있다. 아! 저 무지개도 곧 사라지겠구나. 내 발자국처럼.

처연한 마음으로 일행에 섞여 점심식사를 하러 간다.

캐나다에서 만난 미라

미라를 보기 위해 토론토 자연사박물관으로 갔다. 지하 2층 지상 5층으로 된 웅장한 건물이다. 이집트관은 3층이다.

한 쪽 벽을 꽉 채우고 있는 진열장 앞에 섰다. 가로로 네 칸 세로로 세 칸으로 된 유리진열장이다. 아래위 두 칸은 비어 있고 가운데 두 칸만 사용하고 있었다. 그 위 칸에는 관의 뚜껑 인 듯싶은 것이 바깥부분을 내 쪽으로 하고 대각선으로 비스듬히 누워 있다. 다가서 본다. 하얀 사기제품이다. 가마에서 이제 막 들어내어 훌훌 불어 재를 털어낸 것처럼 깨끗했다. 천년이 지났는데, 저리도 하얀 것은 고인의 영생을 기원한 도공의 정성일까. 영생을 기원한 주인의 기도가 사기관의 뚜껑에 까지 서리고 서려 먼지 한 톨 오물 한 점 묻지 못하게 했을까.

천 년 이상 켜켜이 쌓인 먼지를 털어내고, 묻은 얼룩을 표백제로 깨끗이 닦아내어 원형을 살렸을까.

그의 관은 투탕카멘을 연상시키는 위엄도 없다. 높은 신분을 연상할 수 있는 화려함도 없다. 평범한 사각의 사기관일 뿐이다. 행주로 깨끗이 훔친 밥상 같은 관 뚜껑에서 한 젊은이가 해맑은 웃음을 짓고 있다. 나일강의 시원한 바람에 머리를 풀풀거리는 마음씨 좋은 농부 같다.

아래 칸으로 눈을 돌린다.

선반을 세로로 가로지른 유리벽에 직사각형의 사기관이 15도 정도로 비스듬히 기대어 있다. 그 안에는 아마포로 온몸을 친친 감은 시체 한 구가 들어있다. 붉은 빛의 아마포는 소낙비 맞은 삼베옷처럼 후줄근하다. 얼굴의 일부분이 찢겨져 나간 것 외에는 상한 곳이 없다. 완벽에 가깝다. 아마 이집트 후기 미라인 것 같다.

두 발은 왼쪽에 가지런히 놓은 채 오른쪽 어깨를 조금 돌려 비스듬히 누워 나를 올려다보고 있다. 내 쪽에서도 전신을 자세히 볼 수 있는 자세다. 머리끝에서 발끝까지 훑어본다. 키가 줄어들어 158센티미터밖에 되지 않는 나보다 작아 보인다. "참 작구나." 우월감에 찬 나의 말에 곁에 있는 분이 "줄어들어서 그래요." 라고 말한다. 사기관 안에 헐렁하게 담겨있는 시체를 보면서 미라를 만드는 70일 동안 수분은 마르고 연골 부분은 줄어들었을 것이라는 생각을 해 본다.

미라 쪽으로 한 발 다가선다.

눈은 두개골 쪽을 보며 머릿속으로는 한국전쟁 격전지에서 흔히 볼 수 있었던 백골을 상기시킨다. 100년이 넘은 증조할아버지 증조할머니의 묘를 이장할 때 진흙 속에 묻혀 있던 진흙색 유골을 생각해 보기도 한다. 눈앞의 그림과 머릿속의 상이 일치하지 않는다. 눈과 코와 입 그리고 귀는 모두 아마포와 한 몸이 된 것 같다. 유독 깨어져 나간 얼굴 위 이마 뼈만이 삐어져 나와 반들거린다. 투구 쓴 병사의 모습 같다.

미라의 곁에는 깨어나서 시종으로 부릴 인형도 없다. 저승생활을 안내할 '사자의 서'도 없다. 저 후줄근한 아마포를 벗기면 스카라베와 우자트의 눈이 나올까. 그의 손에는 아직도 앙크가 쥐어져 있을까. 나일강의 불타는 저녁놀을 닮은 저 아마포를 들추어 보고 싶구나.

해맑은 웃음으로 손님을 대하는 저 영혼은 깃털보다 가벼워 저세상으로 들어갔을까. 그 일부는 아직도 말라비틀어진 미라에 눌어붙어 있을까. 썩는 것 같으면서도 썩지 않는 미라가 비로소 께름칙하게 느껴진다.

저이는 어디서 왔을까. 저승과 이승을 연결해 주는 나일강가의 덕장에서 만들어진 것은 아닐까. 낮이면 강렬한 햇빛에 마르고 밤엔 눅진한 강바람이 습기를 더해주는 나일강 삼각주 덕장에서, 말리고 방부제 치는 일이 번갈아 이루어졌을 수도 있다. 저렇게 완벽한 미라는 아누비스의 마스크를 쓴 우두머리와 그 수하들이 70일 동안 정성을 다한 결과일 것이다. 숙련된 도공이 도자기를 빚듯.

한 걸음 더 앞으로 다가선다.

천 년을 넘어 온 손님이다. 아마포의 올 하나하나까지 훑어본다. 혹여 방부의 요새를 넘어 온 생명의 흔적은 없는지. 솜씨가 뛰어난 장인의 흔적은 없는지. 예술작품으로 해석할 수 있는 여지는 없는지. 그런데, 없다. 보라, 아무런 흔적도 없다. 행위예술이나 설치예술로 해석할 수도 없다. 아마포를 감고 유리관에 헐렁하게 담겨 있는 저 미라는 부패해야 할 때를 놓친 시체에 불과하지 않은가. 도공은 생명 없는 흙에 혼을 불어넣을 수 있지만 방부의 신 아누스는 부패만 막을 수 있을 뿐이다. 살아있는 것은 반드시 죽는다는 자연의 이치를 누가 막을 수 있겠는가. 천년을 넘어온 미라 앞에 언짢은 마음마저 든다.

나이아가라 폭포의 야경을 보기 위해 버스에 올랐다. 생태계의 순환에서 인간은 어떤 존재인가. 스스로에게 물어본다. 자연은 때를 알린다. 우리는 마을버스를 타듯 정해진 시간(때)

에 따라 나고 죽고, 씨를 뿌리고 수확을 한다. '때'를 매개로 하여 인간은 생태계의 순환에 편승한다. 생명이 다 했을 때 무기물로 분해되어 생산자의 거름이 되는 것, 이것이 바로 누렸던 것을 되돌려주는 소비자의 의무다.

미라에게 한 올의 영혼이 있다면 자기를 되돌아 본 기분이 어떨까. 혈혈단신으로 대기권 밖으로 팽개쳐 져서 끝없는 유영을 하는 기분 아니겠는가. 그의 사후가 이리도 피곤하니 그가 믿었던 영생이 이런 것은 아니었을 것이라는 생각이 든다. 분해되어야 할 때를 놓친 시체가 한없이 가여워진다.

화장한 한 줌의 하얀 재가 깨끗해 보이던 때가 있었다. 나도 저렇게 정리해야겠다는 생각을 하기도 했다.

흔적을 남겨 생산자의 땅을 오염시키는 일을 하지 말아야겠다는 생각이 마음속에 자리를 잡는다.

설파산 전망대에서

　한국수필가협회 문학탐방단은 캘거리에서 점심을 먹고 캐나다의 동서를 관통하는 1번 고속도로를 따라 벤푸에 도착했다. 해가 지기까지는 아직 시간이 남았다. 삼삼오오 짝을 지어 마음을 유혹하는 물건이나 볼거리를 찾아 시내 곳곳을 기웃거리고 다녔다. 내일 우리가 오를 설파산 전망대의 높이가 2,281m라는 것을 생각하고 장갑과 모자를 샀다. 10월 하순인데도 벤푸 시내의 체감온도가 하동의 한 겨울 같으니 어찌 걱정되지 않으랴.

　다음날 우리 일행은 캐나다의 로키산맥을 눈높이에서 바라볼 수 있는 가장 가까운 설파산 전망대로 향했다. 마운틴 애브뉴의 끝 부분에 있는 설파 마운틴 곤돌라 터미널에 도착했다.

버스에서 내려 좌우를 살핀다. 터미널 아래쪽에는 보우강이 흐르고 있다. 강과 터미널을 에워싸고 남·북으로 산맥이 길게 뻗어있다. 산에는 팔부 능선까지 수직으로 곧게 자란 삼나무와 소나무가 빽빽이 들어서 숲을 이룬다. 산맥은 끝없이 이어지고 까마득한 삼림의 끝을 찾다보니 눈이 시원해진다.

우리 일행은 한 줄로 서서 차례가 되기를 기다렸다. 나는 맨 마지막으로 곤돌라에 올랐다. 고소공포증을 이기기 위해 동쪽 창 쪽으로 몸을 돌렸다. 연봉 위에 곱게 앉은 만년설에 시선을 두고 마음속으로 숫자를 헤아리기 시작했다. 600을 넘어서자 터미널에 정지하는 소리가 들린다.

전망대는 나무로 되어 있었다. 바닥과 천정과 기둥 그리고 의자와 난간까지 모두 나무다. 환경에 철저하다는 느낌을 받았다. 전망대까지 이어지는 나무계단은 무척이나 견고하여 내 발이 나무에 닿는 부드러운 소리만 들린다.

전망대 맨 위층에 올랐다. 사방이 트여 있다. 하늘을 우러러 본다. 연한 옥색이다. 아무리 쳐다보아도 눈이 시리지 않다. 코로 길게 숨을 들이 마신다. 가슴이 탁 트인다. 양쪽으로 길게 늘어 선 산맥을 따라 눈을 돌린다. 정면에 버티고 있는 나지막한 봉우리가 시야를 가린다. 가까이 있는 낮은 산이 멀리 있는 높은 산을 가리고 있다. 저 산에 올라 멀리 있는 높은 산을 구경해야겠다는 생각을 한다.

많은 사람들이 그 봉우리로 가는 길로 접어들고 있었다. 대열의 뒤를 따랐다. 봉우리와 봉우리 사이 험한 곳이나 비탈진 곳은 나무로 계단을 만들었다. 산봉우리의 급한 경사지는 봉우리를 빙 둘러 깎아 완만한 길을 만들었다. 길보다 높은 비탈, 듬성듬성 들어앉은 바위 사이로 산양 두 마리가 앞다리로 몸을 받히고 엉덩이를 뒤로 빼 균형을 잡고 목을 길게 늘여서 아래쪽에 있는 마른 풀을 뜯고 있다. 사이좋은 한 쌍으로 보인다. 고개를 돌려 아래를 본다. 거의 수직에 가까운 산, 빽빽한 나무 사이로 엘크 한 쌍이 거추장스러워 보이는 커다란 뿔을 이고 산을 가로질러 산보하듯 걷고 있다. 다른 곳이었다면 호기심으로 저들의 생활을 방해했을지도 모른다. 그러나 이곳에선, 사람은 사람대로 짐승은 짐승대로 서로 방해하지 않고 지나가는 것이 자연스러워 보인다. 우리가 바라는 지구의 한 모습이다.

정상에 섰다. 새털구름 옅게 깔린 옥색하늘, 눈높이로 뻗어내린 산맥, 탁 트인 시야, 100리 밖까지 선명하게 볼 수 있는 맑은 공기, 머리는 텅 비어 아무런 생각이 없고 가슴은 알 수 없는 감정의 충만으로 뿌듯하다.

보라! 좌·우에서 시원하게 이어진 하얀 연봉을. 60억 년

전 바닷물을 뚝뚝 떨어뜨리며 석회암층이 밀고 올라온 그 힘이 느껴지지 않는가. 설파산 북쪽에서 U자형으로 굽어진 저 산맥은 지구를 만든 신의 아래턱일 것이다. 나는 그의 혀끝에 서서 손을 뻗으면 잡힐 것 같은, 고르고 하얀 이빨을 감상하고 있다. 풀도 자랄 수 없는 석회암의 연봉이 4,800km까지 이어진다니, 신의 웅대한 스케일에 입을 다물 수밖에 없다.

만년설 속에 싸여 햇빛을 반사하는 연봉에서 미인의 고운 치아를 본다. 팔을 들어 비로 쓸 수 있을 것 같은 새털구름은 하늘의 옥색을 더욱 빛내고, 빙하가 휩쓸고 지나간 자리는 산을 더욱 높인다. 고개를 들어 저 멀리 롭슨 봉을 바라본다. 만년설을 인 바위산은 맨 얼굴로 구름 위를 굽어보고 있다. 구름이 걸려있는 아래 부분엔 푸른 삼림이 가슴의 털처럼 울울창창하다. 그 흔한 스모그도 미세먼지도 황사도 없는 청정한 산이다.

전형적인 다문화국가인 이 나라에서 자연을 이처럼 아름답게 보전한 비결은 무엇일까. 원주민의 선조들이 베링육교를 건너 이 땅에 처음으로 정착했을 때의 자연환경을 그대로 유지하고 있는 것 같다는 생각이 든다. 나의 코는 비염 때문에 공기의 오염에 매우 민감하다. 그런데도 캐나다에서는 한 번도 비염을 앓지 않았다. 바람이 차가워 숨이 막힐 지경이지만 비염

이 도지지 않은 것은 맑은 공기 덕일까? 주위에 늘어선 삼나무와 소나무에서 뿜어 나오는 피톤치드 덕일까.

정상을 내려오면서 지식의 상대성에 대하여 생각해 본다. 선진국에 진입하기 위해서는 내수를 뒷받침할 적정인구가 필요하다는 것, 산업화과정에서 자연환경의 훼손은 피할 수 없다는 것이 그 대상이다. 이 나라의 국토면적은 우리나라의 124배, 전체 인구는 4,000만 명 정도인데 경제규모는 세계 10위권에 든다. 1인당 GNP가 50,230달러(2014년 기준)로 선진국이다. 우리나라가 처음으로 지은 월성원자력발전소가 캐나다의 기술이다. 그들의 기술력 또한 대단하다. 그런데도 이 나라에는 원자력 발전소가 1기도 없다, 부가가치가 높은 2차 산업에 매달리지 않는다. 부족한 공산품은 수입한다. 1차 산업생산품의 수출과 3차 산업에 주력하여 세계 10위권의 선진국이 되었다. 이것이 산업화에 성공하면서도 환경을 지켜낸 요인인 것 같다. 훼손된 환경을 되살리는 비용이 환경파괴의 대가로 얻은 부가가치보다 훨씬 많다는 것을 이들은 이미 알고 있었다는 얘기다. 눈앞에 보이는 이익보다 먼 훗날을 생각한 이들의 지혜가 참으로 놀랍다. 조건이야 어떠하든 마스크를 쓰고 황사를 피해야 하고 미세먼지와 스모그를 염려하며 지진에 떨어야 하는 우리로서는 부럽기만 하다.

독서 감상문

문학뿐만 아니라 역사의 빛도 그렇다.

희생 없는 성장이 어디 있으며 골짜기 없는 산맥이 어디 있겠는가.

햇빛에 빛나는 산맥이 자랑스러운 우리의 역사라면

그늘지고 음습한 골짜기도 우리가 사랑할 수밖에 없는 역사이다.

드러내고 싶지 않은 과거의 오욕일지라도 숨길 일만은 아니다.

-본문 중에서

장 그르니에의 ≪섬≫을 읽고

    정년퇴직을 하고 나는 운동과 여행을 즐기고 있었다. 건강을 챙기면서 머릿속을 비우기 위하여 인쇄매체도 멀리 했다. 몸무게는 늘어나고 팔과 다리에 근육이 붙기 시작했다. 마음속에 다시 깃든 청춘은 자라 먼 곳을 향하여 눈을 번뜩였다. 일벌처럼 학교와 집을 들락거리던 때, 개미 쳇바퀴 돌 듯 하는 일상에 멀미를 낼 때, 그렇게도 그리워하던 생활이 현실로 다가온 것이다. 즐거운 순간들은 그렇게 흘러갔다. 그러나 다른 면에서 보면 수북이 쌓여있는 생명의 시간들을 마치 쥐가 옥수수를 갉아먹듯 야금야금 먹어치우고 있었던 것이다. 그렇게 2년이 지났다.

    이 책을 계기로 새로운 생활이 시작된 그 해 여름엔 비 오는 날이 잦았다. 운동을 하는 것도 여행을 하기에도 어려웠다. 텔레비전 앞에 앉아 있거나 베개 높이 베고 천정의 무늬를 헤아리는 날이 늘어갔다. 친구들의 부음이 가끔씩 들려오고, "누가 무슨 병으로 어느 병원에 입원했다."고 하더라는 소식을 전해 주던 친구들의 전화도 뜸해졌다. 아직도 현직에 있는 옛 동료들에게 전화를 하면 지금 회의 중이니 다음에 전화하자는 얘기를 자주 듣는다. 일터에서, 현실생활에서 소외되었음을 느낀다. 오기가 생겼다. 뭔가 의미 있는 삶을 살아야겠다는 의욕이 나를 부추겨 세웠다. 오뉴월 한낮의 햇빛 같은 생명의 시간들을 장마에 물 쓰듯 펑펑 썼던 지난날이 후회스럽기도 했다. 외로움은 파도처럼 밀려오고 수많은 시간들은 악몽처럼 나를 짓눌렀다.

이때 만난 책이 김화영 교수가 번역한 그르니에의 ≪섬≫이라는 책이다. 알베르 까뮈의 서문에 이어 공의 매혹이라는 글이 마음에 들어왔다. 그 글을 읽어가면서 비로소 나는 몸과 혼으로 세상을 느끼고 생각하기 시작했다. 그르니에의 표현대로 이 세상의 모든 현상들은 끝없는 사막의 모래톱일 뿐이라는 것도 알게 되었다. 그 동안 내가 이루었다고 생각했던 것, 나의 몸과 머리로 이루었다고 생각해 온 것들이 한 줌의 모래먼지로 흩어진다. 육지로부터 멀리 떨어진, 철석거리는 파도소리만 들리는 황량한 섬의 모래톱 위에서, 나는 아직도 내 앞에 허상으로 펼쳐져 있는 수많은 선택사항들을 탐내고 있는 환상을 본다. 소외된 나의 모습은 정년퇴직 때문이 아니었다. 인간의 원죄 같은 것이었다. 잠시 내가 착각하고 있었던 것 같다.

이 책을 읽고 느낀 것을 몇 가지로 요약해 본다.

첫째, 그르니에는 마치 시를 쓰듯 이 책을 쓴 것 같다. 분명한 결론을 드러내지 않고, 비유와 은유 또는 상징으로 결론을 대신함으로써 독자의 결론을 유도한다. 각기 다른 제목의 글은 전혀 연관이 없는 것 같으면서도 긴밀하게 관련 되어있다. 이 책을 끝까지 읽어야 비로소 저자의 생각을 엿볼 수 있게 한다. 살아있는 모든 것에 대한 사랑, 사람을 비롯한 모든 동물은 자연과의 관계에서 정기를 받기 때문에 섬일 수밖에 없다는 것, 살아있는 모든 생물은 보편적 이성으로서가 아니라 죽음 앞에 평등하다고 보는 것, 이 세상의 어느 것도 이것이 저것보다 좋다는 비교우위는 없고 단지 쓰임새가 다를 뿐이라는 생각 등은 참으로 위대하다. 백정의 죽음을 통하여 내세에서의 부활을 꿈꾸며 편안한 얼굴로 죽을 수밖에 없는 인간의 참모습을 그린 점은 그의 관점이 얼마나 현실적인가를 말해주고 있다.

둘째, 자기 생각을 솔직하게 표현한 문장은 아름답고 문학적이다.

특히 〈고양이 물루〉에서는 고양이가 사람의 감정을 가진 것
처럼 묘사한다. 이웃집 할머니와 이야기하는 것처럼 친근하게
자기감정을 표현하는 데서 고양이를 사랑하는 마음이 드러난
다. 평등의 근거를 보편적 이성이 아닌 죽음으로 본 것은 살아
있는 모든 것을 사랑하는 그의 마음이다.

도시의 중심에서 담장을 높이치거나 시골에서 전원생활을
함으로써 자기를 숨기고 비밀을 지키고 싶어 하는 마음을 〈케
르켈렌 군도〉로 표현하고 있다. 케르켈렌 군도는 선박이 드나
들 수도 없는 약 300개의 섬으로 이루어져 있다. 주위가 암초
로 둘러싸여 황폐하기 그지없는 섬들이다.

그르니에는 하늘을 보고 누워서 짧은 한 순간에 공(空)을 보
았다. 마찬가지로 세빌리아와 나포리의 햇빛 쏟아지는 아름다
운 풍경을 보고 아! 하고 감탄하는 순간에 자기의 존재를 느꼈
다고 한다. 경치에 취한 마음의 충만이 참다운 자기라는 것이
다. 짧은 순간에 이것을 느낄 수 있다는 것은 행운이다. 제목
도 행운의 섬이다.

공과 존재는 0과 무한대의 관계와 같지만 현실에서 한순간
에 일어나는 느낌이라고 함으로써 공과 존재(충만함)는 현실
의 기반 위에 서 있다. 나사로가 수의를 벗고 벌떡 일어서듯

자기에게 공의 상태가 찾아왔는데 그때의 수의는 어린아이의 배냇저고리라고 설명한다. 깊이 사유하지 않아도 현실을 감각적으로 인식하는 과정에서 자기의 참다운 존재를 찾을 수 있도록 안내한다.

셋째, 적재적소에 알맞은 단어를 사용함으로써 당시의 상황을 연상할 수 있을 뿐만 아니라 그 분위기까지 느낄 수 있게 한다. 나무와 풀과 잔디와 집을 적절하게 배치하고 그 주위를 지나는 주인공에게 때맞추어 빛을 비추고 바람 불게 하여 주인공의 머리칼을 멋있게 흩날리게 한 움베르토 에코의 소설을 읽는 기분이다. 사물에 대한 통찰력과 깊은 철학적 사고 없이는 불가능한 일이다. 이 책을 교과서로 선택하고 싶은 생각이 든다.

이 책을 읽고 그의 철학적 사고의 깊이를 헤아리는 것은 유람선 위에서 심해의 깊이를 읽으려는 것과 같다. 그러나 푸른 바다를 보면서 그 안에 있는 세상을 상상할 수는 있다. 인간 개개인이 각기 다른 섬이라고 생각하는 동안 우리는 잠시나마 소유의 굴레에서 벗어날 수 있다. 신분의 상승은 무슨 의미가 있으며 부를 쌓는다는 것은 또 무슨 뜻이 있겠는가. 높은 신분도 낮은 신분도 없다. 문명인도 미개인도 없다. 히말라야 산맥의 동굴 속에서 벌거벗은 채 명상을 즐기는 요기나 값비싼 호텔에서 호화스럽게 생활하는 사람 중 누가 더 미개인이라고 말할 수 있는가. 무엇을 더 가치 있게 생각하느냐는 차이만 있을 뿐이다. 죽음 앞에 모든 생물은 평등하지 않은가.

내 곁에 앉아서 꼭 같은 장면의 TV 화면을 보고 있는 내 아내마저도 그 화면에 대하여 나와 같은 생각과 느낌을 갖고 있지는 않을 것이다. 나도 아내도 바다에 떠 있는 각기 다른 섬이기 때문이다. 우리 사이의 바닷물은 고요할 때도 있지만 풍랑이 거세게 칠 때도 있다. 결혼으로 인하여 아내와 나는 서로 연결되어 있고 가까워졌다고 생각하겠지만 그것은 착각일 뿐이다. 바다에 떠있는 부표가 바닷물에 흔들리며 움직이지만 늘 제자리로 되돌아오듯, 아내와 나는 예나 지금이나 그 자리에 있는 섬이다.

나의 섬은 이제 무인도가 되었다. 황량한 바람 불고 개 짖는 소리 요란하니 산짐승도 피해 다닌다. 별로 숨길 것도 없는데 담장만 높다. 인적 끊긴 바다에서 나는 황폐해지고 있다. 노년의 아름다움은 곡식을 들어낸 자루처럼 망가지는 것인지도 모른다. 공과 충만은 샴의 쌍둥이일 수도 있을 테니까.

과거를 솔직하게 반성한 글

－ 이병주 수필집 ≪긴 밤을 어떻게 새울까≫에 대한 감상문

　수필 쓰는 재미는 자기의 생활을 반성하는데 있는 것 같다. 지나간 인생사는 만족할 만한 것도 있고 후회스러운 일도 있다. 만족할 만한 일에는 가끔씩 섭섭한 생각이 따르기 때문에 싫다. 후회스러운 일이 좋다. 회초리로 후려치듯 자신을 마음껏 비판하고 반성할 때 후련함을 느낄 수 있다. 새로운 각오로 자기의 과업을 정하고 삶에 충실할 때 진한 인생의 향기를 맡을 수 있다. 그러나 그보다 더 좋은 것은 선인이 쓴 좋은 책을 만나 밤새 대화를 나누는 일이다. 책 속의 장면을 상상하며 내가 화자가 되어 기뻐하거나 즐거워한다. 세대를 넘고 장소를 뛰어넘는 역할극을 한다. 그러다 보면 새로운 날의 상쾌한

아침을 맞을 수 있기 때문이다. 김윤식 김종회 두 석학이 엮은 이병주의 수필집 ≪긴 밤을 어떻게 새울까≫는 내게 그런 책이다.

이 책은 4개의 장으로 되어 있다. 첫 장은 〈긴 밤을 어떻게 새울까〉이다. 작가는 3·1운동의 소용돌이를 전후해서 태어나 일제의 대륙침략의 회오리 속에서 소년기를 보냈다. 누구를 위하고 누구와 싸워야 되는지도 모르는 학병시절, 황국신민의 서사를 외면서 청년기를 보낸 것을 고백하고 철저히 비판한다. 자기주장에 앞서 타협을 배워버린 스스로의 비굴함을 용서할 수 없다고 한다. 해방된 조국에서 의식 있는 지식인으로서 잠 못 드는 밤이 얼마나 잦았을까. 이런 때 그를 달래준 것은 무엇이었을까.

나날이 각박해져 가는 세상을 살아가면서 인간성만은 잃지 말자고 한다. 문학도 인간애에 이르는 성실한 길이라고 한다.

나는 구구한 변명으로 자기를 미화한 자서전은 많이 보았어도 이처럼 자기성찰에 엄격한 글을 본 적이 없다. 과연 이병주다.

두 번째 장 〈오욕의 호사〉는 펜이 칼이라고 생각했었는데 펜은 결코 칼이 될 수 없음을 솔직히 털어놓고 펜이 얼마나 무기력한가를 고백한다. 글을 쓰는 사람의 태도와 각오는 사마천을 배우고, 방법과 정신은 사르트르를 배우라고 한다. 무문곡필(舞紋曲筆)을 경계한 말이다. 무문곡필하는 무리나 글보다 그것을 강요하는 정치적 상황이 더 두렵다고도 한다. 사람들은 무문곡필한 글은 잘 알아보지만 그것을 강요하는 정치적 상황은 문학을 고갈시킬 수 있기 때문이다.

세 번째 장은 자유의 다리이다. 이 장에서 저자는 인류의 역사는 전쟁의 역사라고 주장한다. 적이라는 개념이 있고 전쟁에서 이득을 보는 사람이 있는 한 전쟁은 없어지지 않는다. 두 번에 걸친 세계대전을 겪고도 세계열강은 신무기 개발에 열을 올리고 있다. 인간은 최선을 다해 스스로의 불행을 마련하는 셈이다. 누구라도 전쟁은 싫어하지만 역사 이래 전쟁은 그친 날이 없었고 지금도 진행 중이며 앞으로도 그럴 것이다. 그래서 그 해결방법으로 세계의 모든 나라에서 병역의 의무를 50세 이상으로 하자는 법을 만들자고 한다. 그 사람이 어떤 자리에서 어떤 일을 하든지 상관하지 않고 전쟁이 나면 젊은 사람들에게 자리를 넘겨주고 전쟁터로 향해야 한다면 전쟁은 일어나지 않을 것도 같다. 이것이 실현가능성이 없는 이야기라면 전쟁은 일어날 수밖에 없는 인간의 원죄인지도 모르겠다.

네 번째 장 〈불행에 물든 세월〉에서는 해방 이후 한국의 역사와 더불어 본인의 암울했던 30년을 회상한다. 공산주의 이

론과 직접 공산치하에서 겪은 공산주의에 대한 자신의 견해도 밝힌다. 공산주의는 노동자 농민의 의사를 횡령해서 소수 독재의 권익과 야심을 채우고 그들의 야심을 채우기 위해서는 수단과 방법을 가리지 않는 집단이라 정의한다. 공산주의의 온상은 현실적으로 존재하는 정치적 경제적 도의적 불평과 불만이라 본다. 이러한 불평과 불만의 원인이 될 수 있는 조건을 없애는 것이 공산주의에 이기는 길이라 한다. 이 생각은 고식적인 한국인의 성향을 탈피한 근본적인 해결방안이고 적극적인 반공의 태도인 것 같다. 만약 정치하는 사람들이 이런 점에 착안하여 정치를 했더라면 한국의 정치는 더욱 발전하지 않았을까 하고 생각해 본다.

수필을 공부하는 내가 읽을수록 존경심이 우러나는 글은 〈청춘을 창조하자〉이다. 작가는 발가벗고 거울 앞에 서서 처절하게 자기를 반성하고 비판한다. 청춘이 무엇인지 느껴보지도 못하고 보낸 그 시절이 안타까워 장년의 나이에 다시 청춘의 빛을 찾으려 한다. 후회하며 절망하고 나이에 걸맞게 늙어가는 것이 아니라 청춘처럼 희망을 갖고 자기의 충실한 삶을 살아 노년의 단풍 색깔을 조금이라도 더 아름답게 물들이고자 했다. 마흔네 살 늦깎이로 작가가 되어 타계할 때 까지 '한 달 평균 200자 원고지 1000여 매를 써서 80여 권의 작품을 남긴

초인적 활동'을 했다. 특유의 통찰력으로 다수의 빛에 가려진 소수의 아픔과 애환을 문학작품으로 승화시켜 인간애로의 성실한 길을 몸소 실천했다. 사마천의 각오와 사르트르의 정신이 아니고서는 불가능한 일이 아니겠는가. 지금부터는 이병주의 각오와 정신이라는 말을 써야겠다.

작가는 철저한 자기반성에서 찾은 청춘의 빛으로 자기가 살아온 시대의 골짜기를 기록하고자 했다. 살 깊은 곳에 난 상처에서 흐르는 피고름처럼 우리가 누리고 있는 호사는 오욕에 바탕을 두고 있다. 문학뿐만 아니라 역사의 빛도 그렇다. 희생 없는 성장이 어디 있으며 골짜기 없는 산맥이 어디 있겠는가. 햇빛에 빛나는 산맥이 자랑스러운 우리의 역사라면 그늘지고 음습한 골짜기도 우리가 사랑할 수밖에 없는 역사이다. 드러내고 싶지 않은 과거의 오욕일지라도 숨길 일만은 아니다. 오히려 솔직히 인정하고 반성하며 그런 일이 다시는 일어나지 않도록 대책을 세우고 실천해야 할 것이다. 이 또한 인간애의 길이다.

멀리서 바라보던 소설가 이병주라는 높은 산이 어느 순간 마을 앞동산으로 성큼 다가온다.

죽음 앞에서의 절규

— 정채봉의 수필집 ≪눈을 감고 보는 길≫을 읽고

정채봉 작가의 글은 오염되지 않은 바다에서 이제 갓 건져 올려, 바닷물이 뚝뚝 떨어지는 미역 같다. 바다 냄새가 풋풋하게 코를 간질인다. 그가 사용한 수식어들은 집게다리를 치켜든 방게들이 벌벌 기어 다니고 짱뚱어가 펄쩍펄쩍 뛰어다니는, 물 빠진 순천만의 개펄을 연상하게 한다.

한 문장 한 문장 읽어나갈 때 상상도 못한 수식어들이 적재적소에 쓰여 그 문장을 빛나게 한다. 한 번만 읽고 넘기기가 너무 아쉬워 책을 놓고 가만히 앉아 머릿속으로 되새김하다 다시 집어 들곤 한다. 이별 직전, 두고 떠나야 하는 사람의 마음에서 우러난 진정성 때문일까. 사물을 대하는 그의 시선은 너무나 따뜻하여 내 마음속의 묵은 때를 말끔히 녹여내는 것 같다.

이 책의 저변에 깔려있는 그의 사상은 '생명 존중' 이다. "꽃눈이 다닥다닥 붙은 진달래 가지를 물병에 꽂아 두었더니 빨간 꽃이 피었다.""물이 든 컵 위에 얹어놓은 양파는 물속에 하얀 뿌리를 내리고 푸른 잎을 쏟아놓는다." 거의 반죽음의 상태에서 물과 햇빛만으로도 이들은 자기의 모습을 드러낼 수 있다. 살아 있는 모든 것들은 생을 해하려는 어떤 난관에도 생을 포기하지 않고 자기의 본래모습을 드러내려고 애를 쓴다. 이런 점에서 모든 생명은 존중되어야 한다는 것이다.

"죽순은 때가 되면 자기의 자리를 짓누르고 있는 돌을 불끈 제치고 올라온다.""수없이 담금질을 당한 부지깽이도 봄이 되면 파란 잎을 내고 싶어 한다." 이 말은 이미 죽음을 감지한 자신의 투병생활의 어려움과 고통과 외로움을 나타낸 말이다. 동시에 자리를 훌훌 털고 일어나 건강한 몸으로 자신의 본래 모습을 드러내고 싶어 하는 의지의 표현이기도 하다.

작가는 동화로 수필로 자신을 드러내고자 했다. 그러다 보니 그의 동화 속에 수필이 있고 수필 속에는 동화가 있다. 병마가 육신을 괴롭히는 아픔 속에서도 마지막 힘을 다하여 정신을 가다듬고 ≪눈을 감고 보는 길≫이라는 책을 쓸 수 있었던 것은 특히 존경할 만한 일이다.

작가는 그의 곁에 있는 모든 것을 사랑하고 있다. 그가 태어난 순천의 바닷가와 자기 가족, 청량한 하늘과 햇빛, 심지어 어릴 때 뛰어놀던 모래톱 위의 조개껍질 등 자기와 인연이 닿았던 사소한 것들에 이르기까지 사랑을 아끼지 않았다. 따뜻한 시선과 가슴으로 세상을 바라보고 행동하는 이런 사람들이 이 세상의 주인이 되면 얼마나 좋을까 하는 생각도 해 본다.

작가는 어린이와 같은 맑은 마음으로 동화를 통해서 세상을 깨끗하게 할 수 있다고 생각한다. 그의 글 곳곳에 창작동화가 교훈을 주고 있고 대부분의 글이 독자와 대화하는 형식으로 쓰여 있다. 수필을 공부하는 사람들은 다소 의아해 할 수 있다. 그러나 이분이 동화작가로 등단하여 일가를 이룬 분이라는 것을 알면 이해가 될 것이다.

이 책을 읽다보면 그의 영혼이 땅속에서 봄을 기다리는 새싹처럼 순수하고 풀잎에 맺힌 아침 이슬처럼 영롱하다는 것을 알 수 있다. 그는 장년의 나이에도 바닷가에서 처음으로 보았을 수많은 생물과 사물을 신기하게 바라보던 소년시절의 그 마음을 그대로 지니고 있는 것 같다. 그러다 보니 동심을 그대로 유지하기 위해 동시와 동화를 읽고 쓰면서 한 번도 그의 마음은 고향 승주를 떠난 적이 없는 것 같다.

〈어떤 만남〉이라는 글에서는 피천득과의 인연을 소개한다. 고등학교 때 읽은 피천득의 수필 〈내가 사랑하는 생활〉이 자기 앞에 신천지를 열어 보이는 것과 같았다고 서술한다. 군대에서 읽은 피천득의 시 〈이 순간〉은 전류 같은 것이어서 파김치처럼 녹어져 있는 가슴에 서릿발이 들어서는 듯 긴장과 환희를 주었다고 한다. 그 후 기자가 되어 피천득을 인터뷰할 때 그가 한 말을 소개했는데 요약하면 "적당히 가난하게 살고 있다. 물질이나 명예에서 벗어나니 사물을 제대로 보는 것 같다." 조금 더 잘 살려고 마음의 평화를 깨뜨린다거나 외부와의 타협을 하지 않을 것 같다는 것이다.

〈눈을 감고 보는 글〉의 마지막에 그가 되고자 했던 사람이 어떤 인격을 갖춘 사람인지 기도문의 형식으로 말하고 있다. '순수하고 단순하며 꼭 필요한 것만 가진 사람, 풍요해도 넘치지 않고 결핍해도 여유를 가지는 사람, 파도처럼 쉼 없이 노력하여 썩지 않는 사람, 바로 바다 같은 사람'이다.

휴지통의 휴지를 버리듯, 더럽혀진 옷을 빨 듯 욕심을 털어내다 보면 마음은 어린아이처럼 맑아질 것이다. 어린아이 같은 마음의 눈으로 세상을 보면 눈을 감고 있어도 길이 보이지 않겠는가. 그 길을 가다보면 바다 같은 사람이 될 수 있지 않을까.

수필의 매력이 과거의 과오에 대해 '양심의 가책에서 뉘우침으로'(키에르케고르의 정의) 발전하여 삶을 새롭게 하는 것이라고 보면 인생은 한 편의 수필 같다는 생각이 든다. 아름답고 가치 있는 수필을 쓰기 위해 눈을 감을 때까지 노력할 일이다.

논리와 지성미가 넘치는 수필

– 김진섭의 수필 〈매화찬〉을 읽고

수필가라면 누구나 좋은 수필을 쓰고 싶어 한다. 수필을 정의 내릴 수 없듯, 어떤 수필이 '좋은 수필'인가 역시 대답하기 어렵다. 자유분방하고 장르를 넘나들며 심지어 비문학의 영역에까지 진출하여 문학으로 승화시킬 수 있는 것이 수필이다. 이때에 '어떻게 써야 할까'라는 문제로 고민하게 된다. 나 역시 이런 고민에 빠졌다. 골프 선수가 성적이 좋지 않을 때 스윙연습부터 하듯, 나는 처음으로 읽었던 김진섭의 수필을 다시 읽게 되었다.

〈수필의 문학적 영역〉에서 지금의 수필 이론이 김진섭에 머물러 있는 것이 아닌가 하는 생각을 하였다. 〈백설부〉와 〈매화찬〉을 읽으면서 나는 예전과 다른 감흥에 빠졌다. 그의 작품이 관념어를 지나치게 사용했다든지, 어려운 한자조어를 많이 사용했다든지, 한 문장이 한 문단이 될 정도의 긴 문장인 만연체라든지 하는 것을 떠나서 그의 수필 작법과 이 글을 쓸 때의 심정이 어땠을까를 생각해 본다.

이양하와 김진섭의 수필 작법은 논리적이고 연역적이라는 점에서 매우 닮아 있다. 여기에 더하여 철학을 말하지 않지만 철학과 지성의 맛이 글 속에 있다. 이런 글은 쓰는 순서는 일단 지성인의 눈으로 주위의 사물 하나하나를 주의 깊게 살핀다. 다음은 모르는 부분이 없을 정도로 소재에 대한 공부를 하고 깊이 생각한다. 그 다음에는 자기가 하고자 하는 말을 주제로 잡아 설계를 하고 써 나간다. 무엇을 쓸 것인가를 찾아 고민할 때 이 두 분의 글을 읽다 보면 해답을 금방 찾을 수 있다.

김진섭은 1939년 종합잡지인 ≪여성≫ 3월호에 〈매화찬〉을, 역시 같은 해 ≪조광≫에 〈백설부〉를 발표한다. 1939년은 미나미 총독 시대였다. 미나미는 취임 이후 황민화 운동을 벌여왔다. 신사참배(神社參拜), 황거요배(皇居遙拜)와 조선인의 일본제국 신민화교육, 창씨개명, 국어(일본어)교육 보급철저 등으로 우리 민족의 민족성 자체를 말살시키려는 악랄한 정책이 이 시기에 벌어진다. 그 결과 1937년부터 항일민족진영,

반일사회주의진영, 중립적인 종교기구들이 무너지고 친일부역자와 친일부역단체들이 우후죽순처럼 생겨난다. 이광수, 최린 등 많은 조선의 지식인들이 미나미의 정책에 동조하고 나선 것도 이 시기다. 민족의 해방은 칠흑 같은 어둠속에 갇혀 있고 꽁꽁 얼어 있는 조국의 산하에 봄이 올 기미가 전혀 보이지 않으니 나약한 지식인들이 그렇게 나올 만도 하다는 생각이 든다.

같은 해 8월 이육사는 주저리주저리 달려 있는 영롱한 청포도를 보고 그가 꿈꾸는 민족의 독립을 그리며 ≪문장≫에 시 〈청포도〉를 발표한다.

우연이었을까?

빼앗긴 국토, 변절한 지식인들, 성과 이름까지 일본말로 바꾸어야 했던 사람들, 농지를 빼앗기고 만주로 떠나야 하는 사람들, 간혹 들려오는 선구자들의 항일투쟁 소식…. 차라리 눈을 감고 싶은 이 참상 앞에 힘없는 지식인들은 무엇을 생각하고 무엇을 기대할 수 있었을까. 힘없는 약소민족의 억울하고 비통한 심정을 무엇으로 달랠 수 있었을까. 그들은 문학을 통해서 가슴에 쌓인 울분을 드러내는 방법으로 횃불처럼 타오르는 심화를 달랬을 것이다. 그래서 이육사는 해방된 조국을 은유한 '이 마을 전설이 주저리주저리 열린 청포도'를 기다리고 있었는지도 모른다. 그는 〈광야〉에서 "… 지금 눈 내리고/ 매화향기 홀로 아득하니/ 내 여기 가난한 노래의 씨를 뿌려라" 노래한다. 겨울의 추위를 견뎌내고 꽃피어 흩뿌리는 매화향기는 조국의 독립을 은유한 것이 아니겠는가. 혹독한 겨울을 참고 견디며 피운 꽃, 매화로 은유하여 조국의 독립을 그리는 시를 썼다.

김진섭은 매화꽃에서 선구자를 보았다. 그는 매화를 볼 때마다 말할 수 없는 놀라운 감정을 가진다고 한다. 차가운 바람을 택해서 피고, 그것으로 인하여 초지상적 비현실적인 인상을 던져주기 때문이다. 쓸쓸한 느낌이 들 정도로 고요한 달빛에 비친 눈 속의 매화는 얼마나 춥고 외롭게 느껴졌을까. 차가운 달에서 그윽한 매화향기와 엄한 냉기를 느낄 수 있지 않았을까. 그 장엄하고 숭고한 기세에 굴복할 수밖에 없었던 그는 악조건을 무릅쓰고 의연(毅然)히 피우는 고상하고 깨끗한 꽃, 자기의 뜻을 끝까지 지키는 지조 있는 꽃에서 선구자를 본 것이다.

선구자는 시대를 앞서가는 한 개인으로 보기에는 논리성이 떨어진다. 선구자는 청천이 그리는 이상의 세계, 해방된 조국을 말하는 것이 아닐까. 지구는 전쟁의 참화에 빠져 돌같이 딱딱한 엄동(嚴冬)으로 변해 가고 있다. 온 세상 사람들이 총

칼 앞에 맨가슴 드러내고 쓰러져 갈 때, 이웃 나라들은 팔짱 낀 채 엄습해 오는 한기에 차라리 눈 감아버렸다. 이 상황에서 바랄 수 있는 것은 무엇인가. 내 조국은 고통을 고통으로 여기지 아니하고 어느 누구의 도움 없이도 한겨울을 거뜬히 버티는 매화나무이기를. 불모의 땅에서 스스로 깨어나 눈 덮인 대지에 냉기 흐르지만 향기로운 꽃 피우기를. 그렇게 빌지 않았을까.

매화는 확실히 봄의 전령사다. 눈과 얼음이 뿌리를 덮고 있을 때 꽃을 피워 봄을 알린다. 꽃이 일찍 피는 것은 매화가 먼저인 것은 아니다. 생강나무와 산수유가 매화보다 먼저 핀다. 생강나무는 인적이 드문 깊은 산중에서, 산수유는 특정지역에서만 볼 수 있다. 그러나 매화는 우리나라 남부지방 어느 곳에서든 볼 수 있다. 우리의 선조들이 울타리 안에 심어 그 고고한 기품을 즐겼기 때문이다. 열매는 시고 매우며 약으로 쓰인다. 얼마나 힘들여 꽃 피우고 열매 맺었는지를 알 수 있다.

사군자의 우두머리로서 혹독한 겨울의 추위도 아랑곳 하지 않는 강인한 수성을 가진 나무, 선각자로 조국으로 민족으로 비유되는 나무, 작가의 마음속에 오롯이 각인되어 있는 어머니 같은 그 나무는 어떤 모습일까? 섬진강을 따라 길게 늘어선 매실농원에서, 작업하기 좋도록 손질하여 기른 방사형 나무일까. 곧게 직립하여 새 가지와 비바람에 부러진 늙은 가지가 어우러져 우산처럼 드리우고, 두꺼운 껍질을 갑옷처럼 두른 몸통이 시커먼 나무일까. 담장 안에서 밖으로 비스듬히 누워 듬성듬성 가지 뻗은 상처투성이 노목일까. 생각해 보면 나무의 모양은 그렇게 중요하지 않은 것 같다. 강인한 근성으로 모진 풍파 다 넘겼지 않은가. 묵은 가지와 새 가지 어우러져, 봄이면 팝콘 같은 매화꽃 톡톡 틔우고, 시고 매운 열매 달면 그만 아닌가.

지성이 묻어나는 논리적 서정수필

– 이양하의 수필 〈나무〉를 읽고

  이양하의 수필을 처음 접한 것은 고등학교 때였다. 그의 수필 〈신록예찬〉은 김진섭의 〈백설부〉, 피천득의 〈수필〉과 함께 국어 교과서에 수록되어 있었다. 그 글이 좋아 읽고 또 읽고 모방의 글을 써 보기도 했다. 〈신록예찬〉은 사춘기에 접어든 나의 가슴에 수필의 씨앗을 뿌린 셈이다.

  정년퇴직 후에 본격적으로 수필 공부를 하다 보니 '신변잡기'의 문제에 부딪쳤다. 그때, 생각난 것이 〈신록 예찬〉이다. ≪이양하 수필선집≫을 읽어가다 〈나무〉를 발견하고 얼마나 기뻤는지 모른다. 신변잡기적 · 주관적 제재에서 벗어난 글이었기 때문이다. 생활인의 철학과 사색이 담겨 있어 배우고 싶은 수필이기도 했다. 나무에 기탁하여 자기의 심정을 풀어낸 그의 작품은 나를 이끌기에 충분한 사색의 깊이가 있다. 인생을 자연에 비유한 그의 글은 지금도 내 글 속의 뼈대가 되고 있다.

〈나무〉는 독특한 논리로 쓰인 글이다. 결론을 먼저 말하고 그 이유를 설명하는 방식이다. 이러한 연역적 방법은 다른 이의 수필이나 그의 또 다른 수필에서 찾아보기 힘들다. 나무가 덕을 가졌다고 말한다. 분수를 지킬 줄 알고 만족할 줄 안다는 데서 그 이유를 찾는다. 안분지족하는 구체적인 사례가 다음에 나온다. 왜 진달래로 태어나지 않고 소나무로 태어났는가, 왜 소나무로 태어나지 않고 진달래로 태어났는가에 대한 불평이 없다. 산등성이에 선 나무는 물이 풍부한 골짜기가, 골짜기의 나무는 햇볕을 많이 받는 등성이가 좋아 보일 듯한데, 그런 것에 전혀 개의치 않는다. 소나무는 진달래를 내려다보되 깔보지 아니하고, 진달래는 소나무를 올려다보되 부러워하지 않는다. 이것이 안분지족이다. 그래서 이를 실천하는 나무는 덕이 있다는 것이다. 그의 사색은 이 시대에 주류를 이루었던 유학의 도라고 보기 힘들다. 그저 주어진 조건과 환경에 순응하는 자연의 도에 따름으로써 덕을 이루고 산다는 것이다. 이것은 장자의 제물론(濟物論)에 가깝다.

나무는 고독하다고 한다. '덕불고 필유린(德不孤 必有隣)'이라는 공자의 말을 완전히 뒤집는 말 같다. 그러나 그렇지는 않다. 안개 자욱한 아침의 고독, 구름에 덮인 저녁의 고독, 부슬비 내리는 가을 저녁의 고독, 함박눈 내리는 겨울 아침의 고독, 파리 한 마리 옴짝 않는 한여름 대낮의 고독, 사방이 얼어붙는 동짓달 밤의 고독은, 인간이 느끼는 고독이다. 이러한 환경에서 우리는 분명 고독을 느낄 수 있다.

나무의 감정도 그럴까? 나무는 안개와 구름 속에서 그리고 부슬비를 맞으며 잎은 싱싱해지고, 가지는 힘차게 뻗어간다. 태양이 작열하는 한여름 대낮엔 더위를 피하기 위해 사람들은 나무 그늘을 찾아 든다. 함박눈이 내리면 사람들은 우산을 쓰고 밖으로 나와 눈꽃 구경을 할 것이다. 동짓달 매서운 추위가 골짜기를 따라 흐르는 물을 그 자리에 세울 때, 동장군의 마술에 감탄해서 가지를 흔들어 기뻐할 것이다. 그런데 왜 고독하다 했을까. 이 당시에 그는 고독을 느끼고 있었음이 분명하다. 그가 느낀 고독은 공자가 논어에서 말한 '덕불고 필유린(德不孤 必有隣)'의 고독이 아니다. 수많은 군중 속에서 느끼는 '나 혼자'라는 소외감에서 오는 고독도 아니다. 석가모니나 예수가 느꼈을, 고뇌하는 인간으로서의 고독이다. 잠든 아내 곁에서 깜깜한 허공을 응시하며 느꼈을 사유하는 자의 정신적 고독이다. 만약 그것이 사실이라면, 학문의 깊이를 알아주고 고매한 인격을 존경하는 사람들 속에서도 그는 외로움을 느꼈을 것이다. 자기의 강의를 열심히 들어주는 학생들 속에서, 자기를 사랑하고 또 자기가 사랑하는 아내의 곁에서도 그는 심한 고독에 몸부림쳤을 것이다.

"나무에 아주 친구가 없는 것은 아니다." 하는 데서도 그의 고독이 덕불고(德不孤)의 고독이 아님을 알 수 있다. 나무에게는 달과 바람과 새가 친구다. 그리고 이웃하여 살고 있는 나무가 친구다. 나무의 친구는 주변의 모든 자연이다. 그야말로 덕불고 필유린(德不孤 必有隣)이다.

작가에게 친구는 이웃이고 이웃은 친구이다. 그는 친구를 세 부류로 분류하고 있다. 달처럼 비위에 맞는 친구, 새나 바람처럼 변덕이 심해 믿지 못할 친구, 속속들이 이해하고, 진심으로 동정하고 공감하는, 이웃 나무와 같은 친구가 그것이다.

달은 의리 있고 다정하고 의사소통이 잘되는 친구로 표현하고 있다. 달은 어스름한 빛으로 온 세상을 신비한 회색으로 만들고 또 그 신비한 빛으로 작가의 꽁꽁 싸맨 가슴을 스스로 풀어헤치도록 수작을 부렸을 것이다. 가끔씩 미소진 얼굴로 그의 독백을 들어주었을 것이다. 귀뚜라미 소리와 이름 모를 풀벌레 소리, 이마를 스치는 시원한 바람이 어우러진 속에서 가슴속의 말을 조용히 들어주는 달이 얼마나 고마웠을까. 모두가 잠든 밤, 홀로 깨어 '자기'를 찾을 수 있는 호젓한 분위기는 달이 아니고서는 연출할 수 없는 일이다. 그래서 달은 믿음직스럽고 비위에 맞는 친구라고 보았을 것이다.

가장 좋은 친구는 역시 이웃하고 있는 나무라고 보았다. 서로 속속들이 이해하고 진심으로 동정하고 공감할 수 있기 때문이다. 일생을 이웃하고 살아도 싫증이 나지 않는 참다운 친구라고 한다. 뜻이 맞는 죽마고우이거나 평생을 함께하는 반려자일 것이다. 그런데 여기에서 우리가 유의해서 보아야 할 것이 있다. "나무는 친구끼리 서로 즐기는 것이 아니라 제각기 하늘이 준 힘을 다하여 널리 가지를 펴고, 아름다운 꽃을 피우고, 열매를 맺는데 더 힘을 쓴다."는 친구에 대한 바람직한 태도이다. 서로가 속속들이 이해하고, 진심으로 동정하고 공감하지만 서로의 삶을 존중해야 한다는 말이다. 비록 자기의 반려자라 하더라도 하늘로부터 받은 힘을 기르고 꽃 피우며 열매 맺도록 간섭하지 아니하여야 한다는 말로 해석할 수도 있다. 나는 그의 종교가 무엇이며 어떤 것에 가치를 두고 살아왔는지 알지 못한다. 그러나 이 글은 "천지는 만물을 풀강아지처럼 여기고, 성인은 백성을 풀강아지처럼 여긴다."는 노자의 사상과 일맥상통하지 않는가. 소유하려 하지 않고 서로를 인정하려 한다. 관심을 거둠으로써 모두를 동등하게 사랑하려 한다. 이러한 태도는 현실적이면서도 이상적이지 않은가. 〈나무〉를 읽으면 왠지 마음이 안정되고 편안해진다. 세상을 보는 안목을 길러주는 것은 물론 마음까지 치료해 준다. 나는 언제 이런 수필을 쓸 수 있을까. 그래도 그를 닮고 싶어 〈산〉이라는 제목으로 그의 작법을 흉내 내어본다.

나의 마음을 들킨 것 같은 글

– 피천득의 〈봄〉[1]을 읽고

금아 피천득의 〈수필〉은 까까머리 고등학교 시절을 회상하게 한다. "수필은 청자(靑瓷) 연적이다. 수필은 난(蘭)이요, 학(鶴)이요, 청초하고 몸맵시 날렵한 여인이다." 엎드려서 물걸레로 나무로 된 교실 바닥을 밀면서 킬킬거리고 장난치던 때를 회상하게 해 준다.

수필이 무엇인지도 모르면서(사실은 붓 가는 대로 쓰는 것이 수필이라고 알고 있었지만) 그렇게 외우고 있었다. 지금 생각해 보면 그 글이 주는 시적인 운율과 멋진 수사(修辭)에 몰입

---

1) 피천득, 《수필》, 범우, 2009, pp.61~63. 〈봄〉.

되어 있었던 것 같다. 시인이자 수필가인 영문학자가 쓴 글이라서가 아니다. 그의 글을 읽다 보면, 운율과 수사의 멋진 조화에 이끌려 나 자신이 허공으로 날아오르는 환상에 빠지기도 했기 때문이다. 그는 우리의 우상이었고 지금도 많은 사람들이 그의 글을 따라 수필을 짓고 있다.

내가 다시 그의 수필을 찾은 것은 문장에 대한 공부가 부족하다는 것을 알고 좀 더 정진해 보고 싶었을 때였다. ≪수필≫을 펼쳐 들고 먼저 〈수필〉부터 찾아 읽으면서 작가의 입장에서 퇴고하는 기분으로 문장 하나하나를 분석했다. 그러다 〈봄〉을 읽으면서 많은 공감을 하게 되었다.

고등학교 학생이었을 때 읽은 〈봄〉은 그저 그런 글이었다. 그런데 정년퇴직 이후에 읽는 〈봄〉은 내 속을 짚어내는 말 같아 빙그레 웃다가 고개를 끄덕이다 하는 글이다. 김진섭과 이양하 피천득은 동시대의 사람들이다. 세 사람의 글은 다 같이 자기 주변의 사소한 것이 주는 감동을 전하는 수단으로 수필을 썼다. 그러나 김진섭과 이양하의 수필은 읽는 도중에 또는 읽고 나서 한동안 사색에 빠지게 하는 글이다. 피천득의 글은 그 상황에서 모든 이가 느낄 수 있는 진솔한 마음을 핀셋으로 집어내는 것처럼 표현한다. 독자 자신의 마음을 옮겨 놓은 것 같은 글을 읽었을 때, 그것이 멋진 수사로 표현되어 읽는 사람의 마음을 산뜻하고 따뜻하게 해 주었을 때, 독자의 마음은 얼마나 편안하겠는가. 그래서 그와 같은 글을 써 보려는 사람들이 많은 것 같다.

　나는 그의 수필 〈봄〉에 공감하며 좋은 교훈을 얻는다.

　첫 번째, 현상을 직관하고 되도록이면 긍정적이고 따뜻한 눈으로 세상을 보려는 태도이다. 〈봄〉은 Edna St. Vincent Millay의 시 〈spring〉의 마지막 부분 "인생은 빈 술잔, 주단 깔지 않은 층계, 사월은 천치와 같이 중얼거리고 꽃 뿌리며 온다."와 T.S. Eliot의 시 〈황무지〉의 첫 부분 "사월은 가장 잔인한 달"로 시작한다. 그리고 이것은 사치라고 한다. 주어진 현실을 받아들이고 그것들을 사랑하려는 그의 현실 긍정적 태도를 가장 잘 나타낸 말인 것 같다. '봄철의 새 생명'이 죽음 위에서 돋아난다는 것, 4월은 봄의 한 중간이라는 것은 생각하지 않는다. 겨우내 얼어버린 땅을 삼월의 햇빛이 휘저으며 떨어진 씨앗을 썩게 하고, 사월의 햇빛은 죽은 자의 뇌수를 헤집으며 푸른 새싹이 땅위로 고개를 내밀게 한다. 태양 아래 영근 열매가 땅속에 떨어져 썩어간다. 어미의 시체를 헤집고 자란 새싹이 햇빛을 받는다. 세상의 모든 것이 다 그렇다. 살모사를 무서워할 것도 저주할 것도 없다. 그런 것을 생각하는 것은 사치일 뿐이다. 유한한 삶 속에서 주어진 여건과 현실을 사랑하는 것만으로도 우리는 허덕이고 있다.

점심시간에 두레박으로 우물물을 떠서 배부르게 마셔 보지 않은 사람은 느낄 수 없는 감정이다. 호랑이보다 무서운 보릿고개를 경험하지 못한 사람은 이해할 수 없는 구절이다.

두 번째, 금아는 음악이나 조각을 감상할 때 또는 글을 통하여 젊음을 어렴풋이 볼 수 있지만 봄은 젊음을 다시 느끼게 한다고 한다. 잃었던 젊음을 다시 만난다는 것은 헤어졌던 애인을 만나는 것보다 기쁜 일이라고 한다. 젊음은 추억이고 추억은 죽은 사람처럼 나이를 먹지 않지만, 헤어진 애인은 나이를 먹으며 어떻게 변해 있을지 모르기 때문에 차라리 젊음의 추억이 났다는 얘기다. 지나간 젊음은 그것이 비록 엄청난 고통을 안겨주었다 하더라도 언제나 아름답다. 아름다운 추억이기에 미련이 남는다. 과거를 반추해가며 수필을 쓰는 재미를 이렇게 설명하는 것 같기도 하다.

작가는 '마음의 안정'을 얻은 노년보다 '초조와 번뇌'에 시달리는 젊음이 났다고 한다. '마음의 안정'이란 무기력으로부터 오는 모든 사물에 대한 '무관심'으로 정의하고 무디어진 지성과 둔해진 감수성에 대한 슬픈 위안의 말이라고 생각하기 때문이다. 확실히 그런 것 같기도 하다. 그러나 잘 생각해 보면 꼭 그렇지만은 않은 것 같다. 젊었을 때에는 가슴에 가득한 여러 가지 욕망들이 들끓고 그것을 성취하려는 부단한 노력으로 자신을 혹사한다.

성취 속도가 남보다 느리다든지 좌절될 때 갖게 되는 패배감으로 일어날 수 있는 초조와 번뇌는 인생을 힘들게 할 수도 있다. 그러나 욕망이란 끝이 없어서 한 가지 욕망을 성취한 사람은 성취감으로 행복한 것이 아니라 우월감에 빠져 또 다른 욕망을 성취시키기 위해 부단히 노력하며 초조와 번뇌 속에 젊음을 매몰시킨다. 나이가 들었다 해서, 뜻한 바를 성취했다 해서 또는 정년퇴직을 했다 해서 누구나 '마음의 안정'을 얻는 것도 아닌 것 같다.

나이 일흔을 넘어서면서 죽음이 코앞에 다가온 것을 느끼며 산다. 신체기관은 늙고 그 기능이 떨어져 가니 여러 가지로 불편하다. 그래도 다행인 것은 마음만은 여전히 젊음을 유지하고 있다는 것이다. 게다가 신축적이어서 소년을 만나면 소년이 되고 청년을 만나면 청년이 된다. 내 나이 또래의 사람을 만나면 폭삭 늙은이가 된다. 작가의 말처럼 젊음은 순간순간 찾아온다. 이러한 마음과 육체의 부조화는 지우고 싶은 흔적이 되기도 하지만 무료한 인생에 활력을 주기도 한다. 몸을 따라 늙지 않는 젊은 마음이 있어 인생을 지지해 주는 것 같기도 하다. 평생을 아이로 살고자한 금아처럼.